Avant de rejoindre

les étoiles

Philippe Pfeiffer

Avant de rejoindre les étoiles

Conte fantastique

Du même auteur :

- *Peuple de France je t'aime ! – Écrits des temps de révolte.* Éditions Dédicaces, Canada, 2021.
- *Errances Pandémiques – Récits kafkaïens.* Amazon, 2022.
- *Écrits de Jeunesse,* volume 1. Amazon, 2022.
- *Écrits de Jeunesse,* volume 2. Amazon, 2022.
- *La crevette psychédélique, 108 contes animaliers illustrés.* Amazon, 2022.
- *Mauvaises pensées, florilège d'incongruités, maximes & pensées (1988 & 2022).* Amazon 2022.
- *Père indigne & autres délicatesses, 108 histoires délirantes.* Amazon 2023.
- *Le ballet des anges suspendus – Écrits politiques.* Amazon 2023.
- *Les enquêtes extravagante de l'inspecteur Tancrède, 18 histoires noires et policières.* Amazon 2023.
- *Les tribulations de Théodule, 18 contes enfantins.* Amazon 2023.

Copyright © Philippe Pfeiffer, 2023
Contact : phpfeiffer@laposte.net

ISBN : 978-2-9584442-7-3
Dépôt légal : novembre 2023

À la mémoire de Theodore Sturgeon
(1918-1985),
et
à mon ami Thierry,
à qui je dois tout.

Table

Avant-propos

Je ne saurais dire comment j'ai eu l'idée de ce texte : *Avant de rejoindre les étoiles*. À l'instar de Théodule, Youroval, un jour, s'imposa à moi avec force. À croire qu'un ange gardien plane quelque part dans ma vie pour me guider dans mes écrits ou qu'un être bienveillant me porte chance, qui sait ? Curieusement, le titre m'est venu avant une idée précise du texte, le plus long que j'aie jamais écrit. *Avant de rejoindre les étoiles* s'est développé au cours de l'écriture et s'articule entièrement autour des thèmes de la beauté et de l'amour.

Cette longue nouvelle raconte la rencontre de Youroval, un petit garçon âgé de treize ans, et de Klem, un extraterrestre échoué sur Terre. Les deux êtres sont différents physiquement mais identiques dans leur âme et dans leur cœur. Se sont des combattants de la vérité, de la justice et de l'égalité, des réfractaires qui refusent la soumission et l'inhumanité du système politique en place. En cela, ils se ressemblent beaucoup et forment un tandem fort. Leur amitié va transformer la vie de Youroval.

Voilà donc l'éternel thème du combat entre le bien et le mal ! On me dira que ce n'est rien de nouveau et on aura certainement raison. Malgré tout, je joue sur l'ambiguïté de ce thème. Contrairement à certains de mes livres précédents, *Avant de rejoindre les étoiles* fait triompher le bien. Il est bien plus positif et apporte quelques notes d'espoir. L'histoire de Youroval débouche dans sa deuxième partie sur une aventure mystique. Alors que la troisième partie évoque une tyrannie, reflet d'un possible avenir de notre propre monde.

L'environnement dans lequel évoluent nos deux héros est un curieux mélange d'univers moyenâgeux, de technologie et de sagesse. Liose et la Terre sont le miroir l'un de l'autre.

Si seulement notre monde pouvait être rempli de personnes telles que Klem, Youroval, Évangéline et Arturo, il irait bien mieux...

Philippe Pfeiffer.
Strasbourg, septembre 2023.

Aimer d'amour,
c'est partir à la conquête des étoiles
et tout risquer pour un embrasement du ciel.
Robert Escarpit.

Là où il y a de la lumière,
il y a nécessairement de l'ombre,
là où il y a de l'ombre,
il y a nécessairement de la lumière.
Sans lumière il n'y a pas d'ombre,
et, sans ombre, pas de lumière.
Carl G. Jung a expliqué ces choses-là dans un de ses livres.
Haruki Murakami.

Là où il y a beaucoup de lumière,
l'ombre est plus noire.
Johann Wolfgang von Goethe

Première partie

Les parents de Youroval avaient enfermé leur fils dans sa chambre, comme d'habitude avec un verre d'eau et du pain rassi. L'enfant n'avait pas droit à la bonne soupe de légumes agrémentée de petits croûtons de pain dorés dans du beurre à la poêle, à la saucisse de viande accompagnée de moutarde, à la charlotte de fraises couronnée d'une généreuse chantilly, ni à d'autres mets succulents du même genre. C'est la punition qu'infligeaient les parents au petit garçon à chaque fois qu'il posait trop de questions. Youroval était coutumier de la gifle de son père qui lui laissait une grosse marque rouge sur la joue. Il subissait également de la part de son père des coups de pied aux fesses et des coups de poings dans la figure qui l'envoyaient au fond de sa chambre. Sa tête cognait souvent douloureusement contre le mur.

Youroval pleurait en silence. Ces derniers temps il en était ainsi presque tous les soirs. Voilà le prix à payer pour un petit garçon trop curieux ! Il savait que ses parents préparaient quelque chose de très mauvais et d'assez terrible pour les villageois. Leur vie allait être grandement affectée, c'est l'évidence même. Plus rien ne serait comme avant.

Youroval se ressaisit, sécha ses larmes avec un mouchoir en tissu à carreaux et colla son oreille à la porte que son père avait fermée à double-tour avant de descendre l'escalier. Il entendait, émanant de la pièce principale du rez-de-chaussée, des chuchotements bizarres, des cris subits, des incantations sinistres, des tintements étranges, des litanies lugubres psalmodiées dans une langue qu'il ne comprenait pas, des raclements inhabituels comme si des griffes rayaient les vieilles lattes en bois disjointes du parquet. Son père, il s'appelait Crowler, et sa mère, elle s'appelait Arachnæ, complotaient depuis des semaines. Youroval était convaincu qu'une chose abominable fondrait bientôt sur le petit village d'Askandia où il habitait, peut-être même sur tous les villages du pays, voire du monde entier. L'humanité allait beaucoup souffrir ! Crowler et Arachnæ n'étaient pas les seuls sorciers que comptait Askandia. Youroval était persuadé qu'ils s'étaient tous mis ensemble pour contraindre les villageois à obéir à leur funeste volonté, et, au besoin, éliminer les réfractaires en les livrant aux démons et aux hideuses créatures velues ou couvertes d'écailles qu'ils faisaient surgir directement de l'enfer, une autre dimension où régnaient la terreur, le crime, le goût du sang, l'horreur la plus folle et l'épouvante la plus terrible. Il en avait la preuve grâce à la bibliothèque de Crowler qui recelait d'innombrables ouvrages couverts de poussière et de vieux grimoires de magie remplis de signes dont beaucoup étaient inintelligibles et obscurs. Youroval les avait consultés une nuit, en tremblant, à la lumière d'une bougie, pendant que ses parents dormaient profondément dans leur chambre, à l'étage. Ce que le petit garçon avait découvert dans ces gros livres reliés en cuir le sidéra grandement. Il apprenait et comprenait beaucoup de choses. Puis la sidération laissa place à un effroi intense. L'imminence de la réalisation du projet totalitaire de ses parents et de leurs acolytes, ainsi que le fait de savoir que le mal se répandrait sur le monde, lui faisaient très peur. C'était une peur gigantesque, abyssale. D'avoir des parents aussi vils et abjects le remplissait de dégoût. Mais lui, Youroval, petit garçon de treize ans, que pouvait-il faire ? Rien ! Il se sentait totalement démuni, faible et vulnérable face à ces monstres. Percer à jour les secrets de ses parents était bien. Mais à présent la panique envahissait son cœur et son âme. Son affolement n'avait plus de limites. Youroval se sentait condamné, abandonné par tout le monde et à la merci de ces monstres.

Une lumière étrange envahit soudain sa chambre. Youroval se précipita à la fenêtre pour observer ce qui se passait. Le ciel, plein d'étoiles, était sans nuages. Une boule bleue luminescente tomba derrière les arbres au sommet de la montagne. Un faible cri de terreur parvint à ses oreilles. Ce cri si ténu, mais que Youroval avait pourtant bien perçu, était un appel au secours. Il s'agissait de l'expression angoissée de la panique d'une personne en train de mourir. Cela le petit garçon l'avait parfaitement ressentit.

Youroval ouvrit la fenêtre, enjamba le rebord, s'agrippa au lierre grimpant qui poussait le long du mur, puis descendit avec prudence du premier étage au rez-de-chaussée. Il jeta un coup d'œil dans la pièce principale plongée dans une pénombre malsaine. Crowler et Arachnæ se trouvaient tout nus devant des bougies au milieu d'un cercle tracé au sol avec du sang et psalmodiaient d'inquiétantes phrases tout en faisant des mouvements bizarres et obscènes avec leur corps. Les testicules et le sexe impressionnant de son père et les lourds seins de sa mère se balançaient ridiculement pendant cette danse de l'enfer. Leurs visages déformés par une haine farouche étaient démoniaques. Youroval frissonna devant ce spectacle grotesque puis s'éloigna sans bruit de la sinistre maison de ses parents où il était jusqu'à présent contraint de vivre. Maintes fois Youroval avait pensé à s'échapper. Hélas, les fous qui lui servaient de parents le retenaient fermement prisonnier, et de toute façon, il était persuadé qu'ils avaient le pouvoir de le rattraper sans problèmes, si d'aventure il s'éloignait un peu trop d'Askandia. Youroval n'ignorait pas que la punition serait terrible. Crowler saurait quoi infliger à son fils, avec l'aval de dame Arachnæ, cela va sans dire. Ses parents étaient ses chaînes.

Youroval marcha un bon moment dans l'obscurité et remarqua que d'autres maisons du village étaient encore faiblement éclairées à cette heure tardive de la nuit, qui était froide. Heureusement, Youroval avait pensé à enfiler sa veste en cuir rembourrée de laine de mouton. Il marcha jusqu'à la forêt à la seule lumière des étoiles. Youroval connaissait bien tous les chemins environnants car il les avait explorés pendant que ses parents faisaient leurs réunions occultes à la mairie en compagnie de leurs complices. Le petit garçon profitait de leur moindre absence ou de la plus petite baisse de leur vigilance. La sorcellerie occupait tout leur esprit et le principal de leur temps. De marcher ainsi seul au cœur de la nuit, au milieu des immenses sapins, ne lui causait pas trop de problèmes. Cependant, lorsqu'il entendit les hurlements des loups, Youroval prit peur et envisagea de rebrousser chemin. Mais c'était plus fort que lui. Il voulait absolument savoir ce qui se cachait dans les bois et surtout répondre à l'appel de détresse parvenu jusqu'à lui. Une fois de plus, sa curiosité prenait le dessus. Pour être honnête, il n'était pas mécontent d'avoir trouvé une excuse pour s'échapper du sinistre repaire de sorciers que constituait le village, malgré les conséquences qui découleraient de son audace.

Youroval était une âme pure, sensible et bienveillante. Alors que son entourage était composé en majorité d'êtres méchants, de voleurs, de fous, de dégénérés et d'assassins sans scrupules, l'incarnation même du mal. Ils ne cherchaient qu'une seule chose : dominer le monde. Acquérir de plus en plus de pouvoir sur les autres, mettre l'humanité entière en esclavage, avoir le monopole sur toutes les vies, s'accaparer la totalité des biens terrestres, étaient leurs obsessions ! Cet étrange appel de détresse venu des étoiles, comme une bouteille jetée à la mer, était une goutte d'eau dans un océan de mal. Voilà pourquoi il y était tellement sensible. Youroval savait que quelqu'un avait fortement besoin de lui et, en même temps, il sentait confusément que porter secours à cette personne, ou du moins il supposait qu'il s'agissait d'une personne, lui apporterait espoir et bonheur.

La maison tout en bois de ses parents était maintenant loin derrière lui. Elle ressemblait à un chalet construit par un architecte fou, avec ses quatre tours biscornues, ses murs ventrus, son balcon grossièrement travaillé, sa cheminée de guingois et son étrange toit pointu en chaume. Askandia, petit village perdu au milieu de nulle part et à présent totalement plongé dans les ténèbres, n'était plus visible. Youroval se demandait si Crowler et Arachnæ s'étaient déjà aperçus de sa disparition ou s'ils s'adonnaient encore à leur funeste cérémonie. Cela faisait bien une demi-heure qu'il avait quitté l'antre du démon. De nouvelles plaintes provoquées par la souffrance résonnaient dans sa petite tête et témoignaient de l'urgence de la situation. La nature semblait hostile. Tout ce qui entourait Youroval possédait un aspect mystérieux. Le petit garçon se savait fragile au milieu de la nuit. Des chouettes hululaient sinistrement, les chauves-souris s'agitaient comme des folles, les loups continuaient à hurler, et des bruissement inquiétants provenaient des profondeurs ténébreuses de la forêt. Le vent secouait fortement le feuillage des arbres, ce qui donnait l'impression qu'ils étaient d'immenses vampires en manque de sang. Cependant, quelqu'un avait besoin de lui. Cela devenait presque une idée fixe, un impératif auquel Youroval avait l'obligation de répondre. C'est pourquoi il poursuivit son chemin malgré tous les dangers. S'il voulait porter secours, il fallait avancer et ne pas tenir compte de l'atmosphère lugubre de la forêt. Après avoir bravé ses parents et l'isolement qu'ils lui imposaient, Youroval ne pouvait plus reculer. Sa curiosité était titillée autant que son sens de la bonté. Il se demandait sans cesse ce qui était tombé du ciel.

Youroval arriva dans une clairière. Beaucoup d'arbres semblaient avoir été brûlés par un incendie. Il remarqua également que d'autres arbres étaient couchés et que la cime de certains traînait au sol comme si un géant les avait décapitées avec une hache démesurée. Le petit garçon vit au centre une sphère toute cabossée. La tôle était déchirée, tordue et trouée à de nombreux endroits. Youroval grimpa sur un amas de ferraille encore chaudes, incandescentes par endroits, et vit par une béance de la sphère une étrange créature coincée sous une poutre métallique au fond d'une cabine. La créature tourna la tête vers Youroval, poussa un soupir de soulagement, regarda le garçon avec une expression de souffrance et en même temps lui sourit. Youroval sourit également, puis chercha une lourde branche pour la traîner jusqu'à l'ouverture. Ensuite, il grimpa à l'intérieur de la sphère et glissa la branche sous la poutre. Il fit levier afin de dégager l'être qui se trouvait en-dessous. La poutre refusait de bouger. Alors Youroval ne perdit pas espoir mais au contraire redoubla d'énergie et poussa de toutes ses forces. Il fut étonné de sentir ses forces décupler comme par magie. L'extraterrestre pénétrait dans son esprit pour lui insuffler une puissance et une vigueur qu'il n'avait jamais eues. La poutre bougea un peu, ce qui permit à la créature de retirer son pied bloqué.

La créature était filiforme. Elle avait un torse fluet, de longs bras et de longues jambes qui mesuraient au moins deux mètres et possédaient une articulation supplémentaire par rapport à un membre humain. Ses articulations, au nombre de quatre, très souples, pouvaient aussi se raidir si le besoin se faisait sentir. Sa peau était grise par endroits et ocre par d'autres. Sa tête sans cheveux reposait sur un long cou et son visage était très fin. La créature avait une mince bouche, un grand nez fin plat sur les côtés et des yeux en amande. Elle se mit debout en grimaçant sous l'effet d'une douleur intense à la jambe, celle-ci était cassée et couverte de lésions. Sa taille était imposante. La créature semblait immense au petit garçon. Elle paraissait mesurer bien deux mètres cinquante de haut, ce qui faisait que Youroval se sentait tout petit. Ses bras impressionnants pendaient tout le long de son corps comme des pattes d'araignée. La créature dit en s'extrayant de la sphère :

— Je m'appelle Klem. Merci d'être venu à mon secours, Youroval. Tu m'as sauvé. Grâce à toi j'ai échappé à la mort !

— Comment savez-vous que je m'appelle Youroval ?

— Je sais lire dans ton esprit.

— Alors vous savez qui sont mes parents et ce qui se passe à Askandia ?

— Oui, plus ou moins.

— Où avez-vous appris ma langue ?

— J'ai fouillé dans ton esprit. J'ai sondé sur ta planète d'autres esprits dont le savoir est important et rare. J'ai une mémoire prodigieuse, j'apprends vite !

— Vous avez beaucoup de pouvoir. Comment se fait-il que vous n'ayez pas pu vous dégager tout seul ?

— Je n'ai de pouvoirs que sur les êtres vivants, pas sur la matière. Tu peux me tutoyer, Youroval !

— Que t'arrive-t-il Klem ?

— J'ai fui ma planète d'origine, Liose. J'ai été traqué, pratiquement jusqu'à mon arrivée sur Terre. On m'a poursuivi jusqu'au système solaire dans votre galaxie. Mon monde est devenu horrible. Il est gouverné par une entité totalitaire. Plus personne n'a de libertés. Mes frères n'ont pas le droit de s'exprimer librement ni de vivre comme ils l'entendent. Il faut accepter toutes les directives venant du pouvoir sans broncher et sans émettre la plus petite objection ou critique, ni la moindre opinion contraire à la doxa, sinon on est ostracisé puis éliminé. Nous n'avons plus aucun droit sur notre propre corps, et encore moins sur notre destinée. Notre vie formatée est entièrement régie par un pouvoir froid, sans âme, technocratique et technologique. Le peuple de Liose subit toutes les folies de ses dirigeants. Mon vaisseau s'est abîmé dans ma fuite désespérée devant l'oppression car j'ai poussé ses possibilités de navigation à bout. J'ai atterri en catastrophe sur votre planète, la Terre. Voilà Youroval, en bref, mon histoire.

— Voilà la mienne ! J'habite à Askandia. Ici, la situation n'est guère meilleure. La Terre a été de tout temps une vallée de larmes. Les guerres, les massacres et les luttes pour le pouvoir ont toujours été le lot quotidien des peuples qui font les frais des décisions des dirigeants et de leurs complices. Mes parents sont des démons, comme d'ailleurs une bonne partie des villageois. Il reste peu d'êtres normaux tels que moi. La plupart ont baissé les bras en obéissant aux sorciers, ils sont devenus les esclaves des sorciers. Ceux-ci veulent étendre leur pouvoir à d'autres villages, puis aux villes, et même à tout le pays, voire au monde entier, j'en suis certain. Ils sont capables de tout. Leur convoitise n'a pas de limites. Ils iront jusqu'au bout de leur projet diabolique. Klem, je suis tout aussi perdu que toi. J'ai fui la maison de mes parents pour venir à ton secours. J'ai fait ce que j'ai pu. Je suis sincèrement désolé de t'apprendre toutes ces mauvaises nouvelles en provenance de mon village. Tu n'es pas tombé dans un bon endroit. Pour moi tu es le bienvenu, mais pour les autres tu seras un étranger à exclure. Ils ne connaissent pas la tolérance. Qu'allons-nous devenir ? Où veux-tu aller ? Nous sommes tous les deux dans une impasse. Notre destin a pris une voie sans issue. Nous serons toujours seuls.

— Je n'ai jamais vu un être ayant dans son cœur aussi peu d'espoir ! Je te transmettrai tout mon savoir et tout mes pouvoirs. Crois-moi, tu deviendras un homme fort, exceptionnel, je te le promets. Si toutefois tu le veux bien. Fais-moi confiance ! Ensemble nous formerons un tandem imbattable. Nous vaincrons les forces du mal qui dominent sur ta planète ! Les sorciers d'Askandia retourneront d'où il viennent, c'est à dire dans la fange de leur enfer ! Tout n'est pas perdu !

— Si tu le dis...

— Youroval, je te propose de retourner à la maison de tes parents. Je peux essayer de raisonner ton père et ta mère, peut-être même tout le village. Mon cœur a plein d'arguments en réserve ! Tu verras, Crowler et Arachnæ changerons d'avis après que je leur ai parlé. Je leur ouvrirai mon âme. Alors ils verrons que je suis une bonne créature qui ne veut que leur bien et leur bonheur. Ils seront éblouis par la lumière qui vient du fond de l'univers...

— Mais Klem, je n'y crois pas du tout. Ne soit pas si naïf ! Les gens méchants ne peuvent être changés. Tu le sais bien, toi qui vient également d'un monde mauvais... Le monde est plein de gens méchants.

— C'est vrai, je ne dis pas le contraire. Tu as raison. J'avoue avoir essayé de convaincre mes frères. Le résultat a été que j'ai dû fuir, je me suis retrouvé acculé à cette dernière possibilité. J'ai dû laisser derrière moi le monde où je suis né et dans lequel j'ai grandi et toujours vécu. Mais je peux essayer avec des êtres humains, peut-être ai-je plus de chance avec eux qu'avec mes semblables. Tu sais, nous ne sommes pas tellement différents, toi et moi...

— Physiquement si, un peu tout de même... Mais dans le cœur, non, nous sommes absolument identiques, je le vois bien. Nous aimons la droiture, la sincérité, l'honnêteté, la justice et la liberté.

— Alors on y va ? On tente notre chance ?

— Si tu veux. Mais je croyais que tu as mal. Ta jambe cassée est en piteux état.

— Oh, ne t'inquiète pas pour cela, je vais la réparer tout de suite.

Klem posa sa main sur sa jambe. Une lueur bleuâtre se répandit de la paume de sa main sur sa peau grisâtre. Quelques minutes après, les os de Klem étaient soudés, comme s'ils n'avaient jamais été cassés par l'accident qu'il venait de subir. Il prit la main du petit garçon dans ses longs doigts fins, et ensemble ils firent le chemin en sens inverse, laissant derrière eux, au cœur de la forêt, la carcasse à moitié calcinée du vaisseau spatial.

La nuit touchait à sa fin. Le jour commençait à poindre au-dessus des montagnes. Une bande de nuages flamboyants s'étendait dans le ciel bleu, de l'est à l'ouest. La beauté du paysage à en couper le souffle étonnait beaucoup Klem et lui rappelait la beauté perdue de son propre monde. Mais en-dessous, au fond de la vallée pleine de ténèbres, dans le village encore endormi, des choses innommables se tramaient.

Les deux amis arrivèrent à la maison où habitaient les parents de Youroval. Elle se situait en marge d'Askandia. Klem eut un mouvement de recul et de répulsion tant l'endroit ne lui inspirait qu'effroi et dégoût. Il trouvait cette baraque hideuse et n'était guère surpris que Youroval s'y sentait autant mal à l'aise au point de vouloir la quitter à tout prix. L'aspect sinistre des murs et du toit le révulsait. Il était évident que rien de bon ne pouvait provenir de là. Que Youroval ait pu préserver son âme de petit garçon et la garder intacte relevait du miracle, mais prouvait en même temps qu'une grande force intérieure l'habitait. La noirceur de l'endroit et de l'âme de ses parents n'étaient pas arrivées à l'atteindre.

Youroval toqua, non sans appréhension, à la porte. Crowler l'ouvrit au bout de cinq longues minutes avec l'air de quelqu'un qui n'a pas dormi de toute la nuit. Son visage exprima d'abord la surprise, puis la colère.

— Que fais-tu dehors ? hurla son père. Je t'avais pourtant enfermé dans ta chambre. Comment es-tu sorti ?

— Je suis sorti par la fenêtre. Je me suis agrippé au lierre pour me glisser le long du mur. Je suis allé porter secours à mon ami Klem.

— Qui ?

— Klem, que voici. Tu ne le vois pas, papa ? Il est pourtant assez grand ! Klem vient de la planète Liose. Son vaisseau spatial s'est écrasé en forêt. Mon ami était coincé sous un amas de ferrailles. Je l'ai aidé à s'en extraire.

Crowler éclata de rire en écoutant cette histoire. Il n'avait jamais entendu quelque chose d'aussi abracadabrant et absurde. Arachnæ surgit derrière lui. Elle était hirsute. La haine émanait de son visage ridé de vieille sorcière acariâtre. Elle dit en désignant Klem :

— C'est quoi ça ?

Youroval rétorqua :

— Ce n'est pas « ça », maman. Klem n'est pas une chose. Klem vient d'ailleurs. Il a fui son monde parce qu'il y était en danger.

— Mais ce gringalet est moche comme un poux ! Où as-tu trouvé « ça » ? On ne peut même pas le manger tellement il est maigre. Il n'a que la peau sur les os.

— Ne parles pas ainsi de Klem, maman. C'est une personne certes différente, mais cela ne l'empêche pas d'être également quelqu'un de sensible et d'intelligent. Klem ne fait que le bien. Il est mon ami.

— Ami ou pas, tu resteras dorénavant à la maison. On t'enfermera à nouveau dans la chambre et on clouera les volets comme ça tu ne pourras plus t'échapper. Tu es à nous, que tu le veuilles ou non. Tu passeras tes journées dans le noir s'il le faut. Je vais te remettre dans le droit chemin, je te le garantis. Ton père et moi, on va s'occuper de ton ami. On découpera cette chose à la machette et on jettera les morceaux dans la rivière. Il n'est bon que pour les poissons.

— Vous ne ferez jamais une chose pareille ! Je vous interdis de toucher à Klem !

— Pauvre morveux ! Je me moque de ce que tu veux, et aussi de ce que tu penses. Tu nous obéiras ! Ou alors on coupera tes mains, ta langue et tes oreilles, et même ton zizi si tu t'obstines à nous résister. On cuira ton petit moineau pour le faire rôtir à la poêle et le manger.

— Vous n'êtes, toi et papa, que des monstres, des êtres vils, bêtes et méchants, une engeance.

— Une quoi ? Engeance ? D'où sors-tu ce mot ? Qu'est-ce ça veut dire ? dit Arachnæ agacée.

— Ce mot veut dire que vous êtes une catégorie de personnes méprisables, sans principes ni bonté !

J'ai trouvé ce mot dans le dictionnaire, comme tant d'autres. Oui, je possède en cachette un dictionnaire trouvé au village chez quelqu'un qui n'en voulait plus. J'ai appris ce dictionnaire par cœur, puisque vous m'interdisez de lire des livres, comme d'ailleurs à tous les villageois. Le mot « engeance » vous correspond parfaitement !

— Tu insultes tes parents à présent ? Attends que je t'attrape, petite crapule insolente ! Tu vas passer un sale quart d'heure. Je vais te faire bouillir dans la marmite jusqu'à ce qu'il ne reste plus rien sur tes os ! Petite peste !

— Je sais que vous pratiquez la sorcellerie avec d'autres gens comme vous et que vous voulez mettre la main sur la vie des villageois et tout ce qu'ils possèdent. Je sais aussi que la majorité ont capitulé et que vous répandez le mal et la peur. Vous ne voulez pas seulement vous accaparer leurs biens mais également leurs âmes. Il vous faut des esclaves. Eh bien moi, fils de Crowler et d'Arachnæ, je refuse la soumission ! Je ne me laisserai pas faire ! J'ai maintenant un allié : Klem. Ensemble, nous vous combattrons, vous et votre sale armée de complices ! Vous êtes tous d'immondes charognes ! J'ai farfouillé dans la bibliothèque de papa pendant qu'il avait le dos tourné ! Je ne raconte pas de bêtises ! Je sais tout !

— Crow, attrape-les ! lança Arachnæ sur un ton des plus vindicatifs. Nous avons des ennemis à l'intérieur de notre maison ! Notre village est en danger ! Je t'avais dit que le petit nous causerait des problèmes. Il est anormal, c'est un réfractaire, on ne peut pas le mater. Nous aurions mieux fait de nous en débarrasser tout de suite comme je l'avais proposé. Crow, tu n'en fais qu'à ta tête au lieu de m'écouter !

Crowler fit un pas en avant sur le perron avec une expression sur son visage qui ne laissait aucun doute sur ses intentions. Il obéissait servilement à la mégère qui lui servait d'épouse. Klem fut un instant surpris par la témérité de son compagnon d'infortune. D'une agilité redoutable, il prit Youroval par la taille, et ainsi les deux amis s'enfuirent en courant.

L'extraterrestre et le petit garçon empruntèrent le chemin menant au village. Le jour s'était à présent complètement levé. Le village baignait dans la lumière blafarde du petit matin. De la fumée noire sortait des cheminées pour se perdre dans un ciel pâle. Ce morne paysage rendait Klem bien triste. Le calme plat et trompeur qui régnait au fond de la vallée inquiétait Youroval.

— Il ne faut pas aller au village. Il vaut mieux éviter de le traverser si nous voulons rester en vie.

— Pourquoi ? La situation est grave à ce point-là ?

— Tous les habitants d'Askandia sont sous l'emprise des sorciers. Nous ne pouvons attendre aucune bienveillance de leur part, ni espérer de l'aide. Ils ont vendu leur âme en échange d'un peu de confort. Ils ont baissé les bras au lieu de se battre pour leur liberté. Leur vie est toute tracée d'avance par ce que décident les sorciers dont les pouvoirs ne cessent de grandir de jour en jour. Je soupçonne qu'il en est ainsi dans tout le pays, pas seulement à Askandia. La situation est inquiétante. Les villageois sont tous des lâches, sans exception, des vendus au diable. Ils acceptent sans broncher ce que celui-ci leur dicte. Ils s'abreuvent des mensonges permanents du cornu et ne font rien de bien de leur vie. Les sorciers les ont transformés en zombies bien obéissants. Klem, tu as bien vu quel genre de personnes sont Crowler et Arachnæ. On ne peut les raisonner. Le mal a corrompu la moindre cellule de leur corps, leur esprit est malsain, pourri jusque dans leurs plus petites pensées. Ils ne veulent que du mal à l'humanité. Ce sont des monstres !

— Eh bien, voilà qui a au moins le mérite d'être clair ! Je suis désolé pour toi d'avoir de tels parents. Pauvre Youroval !

Youroval était complètement abattu. Il releva lentement la tête, regarda Klem qui faisait au moins deux fois sa taille, et affirma :

— Je te dis la vérité, Klem. Je n'exagère rien, je n'invente rien non plus.

— Oh, je le sais bien. Je te fais confiance, sinon je n'aurais pas fait appel à toi pour venir me secourir. Je n'ai pas sondé la Terre entière. J'ai seulement pénétré quelques esprits, les plus cultivés, pour apprendre le maximum de choses sur vous les humains. J'ai bien senti que cette espèce créait beaucoup de problèmes, mais je ne me suis pas rendu compte de la gravité de la situation et de l'étendue des dégâts, ni du danger qui pèse sur tes frères, et surtout sur toi.

– L'histoire montre que le genre humain est vil. Les humains sont capables du pire, alors que le meilleur ne les intéressent pas, du moins pour ce qui concerne la majorité d'entre eux. S'ils voulaient vraiment construire un monde meilleur, vivable pour tout le monde, cela ferait longtemps que tous les êtres humains seraient heureux, heureux de vivre. Ceux qui ont moins de chance dans la vie sont ostracisés, oubliés, voire même éliminés. Chacun reste dans son petit coin, chacun se complaît dans une royale indifférence au sort d'autrui. La seule chose qui intéresse les gens est de profiter de ce qu'offre le monde dans lequel ils survivent. Le destin de l'humanité, ils s'en fichent ! pourvu qu'ils puissent jouir des biens matériels. La folie et la dégénérescence des esprits autant que des corps sont partout. Les puissants de ce monde, à l'égo surdimensionné, n'œuvrent pas pour le bien des peuples mais uniquement pour leur bourse, leur idéologie, leur caste, leurs privilèges. En-bas, la populace accepte leurs plans machiavéliques sans se poser de questions. Prenons le chemin qui contourne le village et réfugions-nous dans les montagnes de l'autre côté, au nord d'Askandia. Nous y serons plus en sécurité.

– Je te suis, Youroval. Tu connais mieux les environs que moi.

Les deux amis s'éloignèrent d'Askandia et gravirent la pente montagneuse. Les loups étaient déchaînés. Leurs hurlements résonnaient jusque dans la vallée. Klem tourna la tête car il percevait un murmure inquiétant. Il distingua au loin un grouillement sinistre. C'était une horde de chiens et de chats enragés dont l'esprit était commandé par les sorciers. Les aboiements et les miaulements accompagnaient les cris des loups.

— Dépêche-toi Youroval ! Nous allons nous faire déchiqueter. La meute à nos trousses se rapproche de plus en plus de nous. Et elle est rapide ! L'attaque est imminente !

— Mais je n'arrive plus à te suivre, même si je cours assez vite !

Klem prit à nouveau Youroval sous ses bras. Il avait de grandes et longues jambes, et de ce fait pouvait courir bien plus vite que le petit garçon. Quelques minutes après Klem entoura son jeune ami avec ses jambes possédant plusieurs articulations, comme si ses jambes servaient de sangle. Puis, à la seule force de ses bras, grimpa sur un immense sapin. Klem tirait son protégé en déployant toute la puissance dont il était capable. Grimper à une hauteur aussi conséquente ne le dérangeait nullement. En revanche, le vertige mettait Youroval mal à l'aise. En bas, au pied de l'arbre, la masse de chiens, de chats et de loups hurlait et tempêtait. De la bave dégoulinait de leurs gueules béantes. Les crocs impressionnants des animaux ensorcelés avaient de quoi faire peur. Les deux fuyards s'assirent sur une branche à douze mètres de haut. Soudain, les chats commencèrent à gravir l'arbre à l'aide de leurs griffes acérées tout en grognant. Leurs miaulements dans le petit matin glaçait le sang. Klem garda son calme tandis que Youroval était tétanisé par la peur. Klem se mit à chanter. Des mélodies tellement douces sortaient de sa bouche que Youroval ne put faire autrement que de pleurer. Klem entama une gestuelle complexe avec ses mains. Youroval n'avait jamais entendu, ni aucun être humain ni aucun animal terrestre avant lui, les musiques qui s'échappaient des longs doigts de Klem. Il était très difficile pour tout être vivant de résister aux chants et aux musiques de l'extraterrestre tellement ils touchaient le cœur, tellement ils étaient d'une beauté à couper le souffle inconnue sur Terre. Son art avait le pouvoir de briser les cœurs les plus endurcis. Youroval comprit qu'il avait pour ami un être délicat et sensible aux possibilités immenses dont il commençait seulement à découvrir l'étendue. Les assaillants félins renoncèrent à aller plus loin. Toute leur rage et leur détermination à déchiqueter les proies perchées sur l'arbre avaient disparu. Les animaux rebroussèrent chemin sans avoir accompli le forfait pour lequel les sorciers les avaient conditionnés. L'extraterrestre et le petit garçon les virent disparaître sur le chemin forestier, la queue entre les jambes. Ils regagnaient leur tanière au cœur d'Askandia. Les sorciers devaient certainement être très mécontents de voir échouer leur projet de tuer Youroval et Klem. Après toutes ces émotions, les deux amis s'assoupirent sur la branche. Le calme revenu, ils descendirent de l'arbre car la faim commençait à tenailler leur estomac.

Les deux amis marchèrent pendant des heures au cœur de la forêt. Plus personne ne les poursuivait, la chance leur souriait. Youroval s'évanouit. La soif et la faim avaient eu raison de lui et les limites de sa résistance étaient atteintes. Klem prit le garçon dans ses bras. Il le transporta ainsi sur une longue distance. Pour lui, Youroval était le plus grand des trésors. Au bout d'une heure, ils débouchèrent dans une clairière. Klem déposa le petit garçon sur un tapis d'herbes.

L'extraterrestre caressa le visage de Youroval et passa ses longs doigts dans sa superbe chevelure noire. Il éprouvait beaucoup de tendresse pour ce petit garçon intrépide, plein de courage et d'intelligence, déterminé à se battre jusqu'au bout de ses forces contre l'adversité qui le frappait afin de conserver et sa liberté et son âme intacte dans un monde qui était sous l'emprise du mal. Alors que ses semblables laissaient leur âme se désintégrer, lui, Youroval, se battait farouchement pour rester pur. Youroval était un être humain de grande valeur. Il se réveilla.

— J'ai faim. Tu n'as pas faim, Klem ?

— Si !

— Mais il n'y a rien à manger dans les parages. On va mourir.

— Attends ! Je n'ai pas dit mon dernier mot.

Klem ferma les yeux. Il semblait faire de gros efforts pour se concentrer. L'extraterrestre étendit ses longs doigts fins sur la clairière. Rien ne se passa pendant plusieurs quarts d'heure. Klem était désespéré car ses pouvoirs semblaient l'avoir déserté. Puis, soudain, une lumière bleue jaillit de la paume de ses mains. La magnifique lumière se répandit sur l'herbe comme un brouillard. Au bout de quelques instants des arbres fruitiers surgirent du sol comme par enchantement et des légumes poussèrent à profusion dans la terre. Pommiers, cerisiers, mirabelliers, abricotiers, tomates, carottes, choux, petits pois, pommes de terre se multiplièrent en grand nombre. À présent il y avait dans la clairière un grand verger. Youroval était sidéré par ce prodige. Les deux amis purent ainsi manger à leur faim. Cependant, une question turlupinait Youroval.

— Je croyais que tu n'avais pas de pouvoir sur la matière. C'est ce que tu m'as dit !

— Oui, en principe. Tu sais Youroval, les services de la police politique des autorités de Liose m'ont tellement torturé, qu'une bonne partie des pouvoirs que m'ont transmis les anciens sages et mes maîtres à penser ont disparu. J'ai fait appel à toute la force enfouie dans les profondeurs de mon âme. Mes tortionnaires n'ont jamais pu anéantir complètement mes pouvoirs, mais j'avais craint que c'était bel et bien le cas. Te rencontrer, Youroval, les fait renaître lentement mais sûrement. Oui, tu as réussi un exploit : celui d'extirper mes pouvoirs de la gangue dans laquelle ils sommeillaient par la faute de monstres sans pitié et sans âme. Je te dois beaucoup. Aussi paradoxal que cela puisse paraître, mon échouement ici sur Terre, et bien sûr notre rencontre, équivalent pour moi à une renaissance. Grâce à toi je suis de nouveau le Klem que j'ai toujours été mais que des êtres vils ont voulu détruire. Je suis très admiratif devant ta valeur. Je voulais te dire ceci : à mes yeux tu as beaucoup de valeur ! Tu comptes énormément pour moi. Tu es quelqu'un de précieux, la plus belle personne que j'ai rencontrée jusqu'à maintenant. J'éprouve beaucoup d'admiration et de respect pour toi. Je suis prêt à faire toutes les merveilles uniquement pour toi. Je te protégerai quoi qu'il m'en coûte et contre vents et marées. Je te dois la vie. Regarde !

Klem imposa à nouveau ses mains sur la clairière. Une nouvelle fois, une lumière bleue tirant sur le violet se répandit dans la clairière. Celle-ci fut envahie, dans les espaces qui restaient libres, de centaines de fleurs de toutes les espèces. Un majestueux tapis, composé de dizaines de couleurs différentes, s'étala C'était un véritable festival floral, chatoyant et luminescent. Youroval cligna des yeux. Il était ébloui par tant de beauté, de grâce et de splendeur. Il avait des étoiles plein la tête. Il prit la main de Klem. Youroval avait bien de la chance d'avoir Klem comme ami. La réciproque était également vraie...

— Raconte-moi tout de ta vie sur Liose. Dis-moi tout sur ton monde. Je veux savoir.

— Oh, je t'ai déjà beaucoup dit. Je ne veux pas encombrer ton esprit avec les choses négatives liées à Liose. Vois-tu, Youroval, j'ai toujours été un réfractaire, une personne opposée à toute injustice, toute tyrannie, d'où qu'elle vienne. L'injustice me révolte grandement. Je n'ai jamais changé d'avis, ni transigé un seul instant avec mes principes. Liose a pris une très mauvaise tournure. Notre monde est devenu un régime dictatorial des plus abjects. Les sbires de la police politique ont assassiné tous les sages. Il n'en restait qu'un : moi ! Le pouvoir n'aime pas la vérité. Aucune organisation ni aucun État n'œuvre pour le bien des citoyens. C'est un leurre. Celui qui croit cela est un imbécile. La tyrannie de Liose est aidée par la technologie : les robots et l'intelligence artificielle ont la mainmise sur tout, absolument tout. Leur oppression est terrible. Mes pouvoirs étaient quelque peu défaillants. Mais par chance ils ont suffi à me donner la possibilité de m'évader de l'enfer carcéral de Liose dans lequel je croupissais. Imagine l'exploit ! : j'ai réussi in-extremis à subtiliser un petit vaisseau spatial pour m'échapper de ma planète natale. Rends-toi compte ! : les agents du pouvoir m'ont poursuivi jusqu'au système solaire. Puis, je ne sais pour quelle raison, ils ont renoncé à m'arrêter. Peut-être ont-ils réalisé que la Terre n'est guère un endroit meilleur que Liose. Ils ont décidé finalement de me laisser filer, sans doute lassés par la poursuite. Ils ont peut-être cru que la Terre deviendrait mon tombeau. Ce en quoi ils se sont lourdement trompés... Puisque tu es là, cher Youroval. C'est un miracle que je sois ici, en ta compagnie. Mais parle-moi un peu de toi...

— Je dirais la même chose que toi. Je t'ai déjà révélé des tas de choses à mon sujet. Mais pas tout, je l'avoue... Un jour, je me suis confié à ma meilleure amie, Euphrosyne, une fille ayant le même âge que moi, treize ans. Elle habite, comme moi, avec ses parents, dans une maison à l'entrée d'Askandia. Nous nous entendions bien, je lui rendais souvent visite. Je lui ai fait part de mes inquiétudes concernant l'activité de mes parents. Je lui ai confié que les villageois couraient un grand danger. Je lui ai aussi parlé de mes découvertes dans la bibliothèque de mon père et de ses manigances avec ma mère que j'observais la nuit. Je lui ai également révélé que je soupçonnais les Askandiens d'être sous l'emprise maléfique de sorciers et que chaque jour la situation devenait de plus en plus dangereuse. Je lui ai certifié que je trouvais les habitants changés depuis quelques temps. Selon moi, ils n'étaient plus aussi humains et avenants qu'autrefois. Ils semblaient comme effacés, résignés. Euphrosyne m'a regardé avec une certaine froideur, comme si j'étais devenu fou. Elle m'a accusé de raconter des bêtises et de voir des complots partout. Euphrosyne m'a garanti que les choses n'en resteraient pas là. Je ne réalisais pas la portée de ses menaces. Déçu, je suis rentré à la maison. Ma mère m'a battu, mon père m'a battu aussi, et après il m'a violé avec un bâton. Mes fesses ont saigné pendant des jours. Mes parents m'ont dit que ça m'apprendrait de raconter des bêtises à Euphrosyne. La petite fourbe m'avait trahi ! Je lui ai pourtant fait confiance. Ma naïveté m'a fait croire qu'Euphrosyne se trouvait dans le camp du bien. Je me suis trompé lourdement. La traîtresse diabolique avait gagné ! Voilà pourquoi, Klem, je t'ai dit que le monde est rempli de gens méchants...

— Oui, dans mon cas je peux dire que l'univers est rempli de gens méchants ! Asseyons-nous.

Klem entoura Youroval avec ses bras filiformes. Le petit garçon, tout dépité, tremblait de tout son corps. Des larmes coulaient en abondance sur ses joues. L'amitié entre ces deux êtres perdus allait bien plus loin. Klem posa sa main sur le front de Youroval. Toute la bonté, toute la sagesse, toute la lumière qui se trouvaient dans l'âme de Klem passèrent dans celle de Youroval. Pas une parcelle de sincérité, pas une once d'honnêteté ne manquait. Youroval se sentait inondé par tout ce qu'il y avait de bon dans le cœur de l'extraterrestre. Le petit garçon était transformé. Son âme, déjà pure, était pleine de lumière. Youroval éprouvait beaucoup d'apaisement et de sérénité. Liose, le monde d'où venait Klem, n'avait plus de secrets pour lui. C'était un monde magnifique avant que les puissants ne le transforment en enfer. Le garçon ne put s'empêcher de faire le parallèle avec le sien. À présent, sur Terre il y avait Klem et Youroval, prêts à affronter les forces du mal d'où qu'elles viennent. Klem s'adressa à son protégé en ces termes :

– Nous sommes des personnes exceptionnelles parce que nous avons résisté à la tyrannie de tous les individus méchants rencontrés sur le chemin de notre vie. Nous avons eu le cran de dire non à l'ignominie quoi qu'il nous en coûte. Nous n'avons pas baissé les bras comme tant d'autres. Nous sommes restés debout, bien droit, la tête haute, face à l'inacceptable. La majorité rampe comme des vers-de-terre. Toi et moi, non ! Nous sommes, si j'ose dire, restés humains, même si moi, Klem, je ne suis pas d'origine humaine. Youroval, tu es quelqu'un de merveilleux. À présent tu possèdes tous mes pouvoirs, mon savoir et ma sagesse, ils seront alliés à ta propre force. Celle-ci ne fera que grandir. Tu deviendras peut-être le sauveur de ce monde. Tu en as les capacités et la volonté. L'altruisme est le centre de ton être. La lumière est ton seul guide. Te voilà rassasié, mais pas comme tu le crois. Le bien est constitutif de ta personne, il en est l'essence et t'imprègne entièrement. Tout ce que je t'ai transmis se démultipliera, j'en suis certain. Tu feras fléchir les personnes les plus mauvaises. Personne ne te résistera, tu vaincras les forces du mal haut la main. Avec toi, la barbarie et la sauvagerie cesseront d'exister. Le mal reculera jusqu'à sa disparition totale, jusqu'à ce qu'il n'y ait plus que la beauté et que l'amour triomphe. Youroval, le plus grand empathe qu'ait connu la Terre !

Youroval se sentait dépassé par tout ce que Klem lui disait. Emmagasiner tant d'informations d'un coup était un peu de trop pour un petit garçon. Confusément, il devinait qu'un destin fabuleux l'attendait. Tous les Crowler et toutes les Arachnæ du monde seraient un jour ou l'autre terrassés, mis hors d'état de nuire, il ne pouvait en être autrement. Voilà le défi de sa vie. Il était prêt à le relever ! Youroval prit la main de Klem. Celle-ci était bien plus grande que la sienne. Qu'importe ! Il se sentait en sécurité avec son ami. Cette sécurité, il ne l'avait jamais éprouvée jusqu'à présent. Klem faisait passer plein d'images d'une beauté époustouflante dans la tête du petit garçon : des étoiles, des galaxies, des planètes, des nébuleuses, des mondes étranges et gigantesques, et toutes sortes d'objets stellaires que l'extraterrestre avait vus. Aucun être humain n'avait jamais vécu parmi de telles splendeurs. Youroval était conscient du privilège exceptionnel d'avoir un ami comme Klem. Son bonheur et sa joie étaient d'une telle intensité qu'il ne savait comment les exprimer.

Les deux amis se levèrent. Ils reprirent leur marche à travers le chemin caillouteux en pente de la montagne. Ils ne savaient pas où aller. La seule chose dont ils étaient certains, c'est qu'ils ne pouvaient pas retourner à Askandia. Youroval espérait trouver un village de l'autre côté du massif montagneux où les habitants ne seraient pas sous l'emprise d'une force maléfique, soumis à quelques sorciers cruels et despotiques, et prêts à les aider, prêts à combattre farouchement la tyrannie, à sauver tout bonnement l'humanité, à lui redonner espoir en l'avenir pour plus de justice et d'égalité.

Le calme des bois fit soudain place à une inquiétante agitation. Une foule immense s'avançait lentement mais sûrement en vociférant. Il s'agissait des villageois d'Askandia, mais pas seulement. Il y avait aussi ceux de Lamentia et Zonolia et peut-être même de localités bien plus éloignées encore. Ils faisaient beaucoup de bruit, exactement comme les animaux qui hurlaient auparavant au pied du sapin sur lequel Klem et Youroval étaient perchés. Ils étaient armés de haches, de gourdins, de dagues, d'arbalètes, de faux, d'épées, de couteaux de cuisine et de toute sorte d'armes blanches, à croire que toutes les armureries avaient été dévalisées ! Ils avaient eu l'ordre de tuer les deux fugitifs, de les massacrer jusqu'à ce qu'il ne reste absolument rien de leur corps, juste une grande flaque de sang, un peu de chair et d'os déchiquetés. Ces barbares déments obéissaient aveuglément à leurs maîtres. Il n'y avait plus rien dans leur cœur, il était vide, on ne peut plus vide, comme l'est la bourse d'un indigent ou d'un homme que l'on vient de détrousser. Ils ne vivaient que pour servir le mal, parce que c'était tellement plus commode d'abandonner son destin au diable. On ne pouvait rien attendre d'eux, on ne pouvait pas les sauver, même pas un être comme Youroval, qui en avait pourtant le courage. Ces créatures sans âme étaient perdus pour l'humanité. Il fallait les fuir ou les éliminer. Klem et Youroval se mirent à courir, ils commençaient à en avoir l'habitude ! Les poursuivants se rapprochaient dangereusement de façon tout à fait surnaturelle. Ils étaient probablement mus par une force diabolique. Klem et Youroval arrivèrent au bord d'un précipice. S'ils voulaient échapper à la mort, les deux amis n'avaient d'autre choix que de sauter dans la rivière profonde en contre-bas, dans le canyon. Ils prirent leur souffle et sautèrent. Youroval ne savait pas nager, Klem non plus. Cependant, lorsque l'extraterrestre tomba dans l'eau, il s'y sentait parfaitement à l'aise. Il ne connaissait pas l'eau, car sur Liose elle n'existait pas, pourtant, cela ne l'empêchait pas de s'y adapter très vite. Youroval sortit la tête de l'eau, mais coula à nouveau sous l'effet de l'épuisement physique, du manque d'air et de la panique. Le courant était vif.

— Klem ! Au secours ! Je me noie !

L'extraterrestre entoura une nouvelle fois le petit garçon avec ses bras et ses jambes et lui tira la tête hors de l'eau. Ils flottèrent ainsi enlacés sur une longue distance avant de s'échouer sur un rivage de sable. Youroval resta sans réactions. Klem crut qu'il était mort et paniqua à l'idée de se retrouver seul sur cette planète vouée au mal alors qu'il avait quitté la sienne pour les mêmes raisons. Son jeune ami avait probablement une quantité non négligeable d'eau dans les poumons. Klem imposa ses mains sur tout le corps de Youroval. Une douce lumière bleue entoura le garçon, tel un cocon. Hélas, Youroval ne bougea pas. Ce n'est qu'après de longues minutes, et sur l'insistance de Klem, qu'il reprit lentement ses esprits en recrachant l'eau avalée.

Les deux amis marchèrent longtemps et avec peine sur un interminable chemin à travers une forêt touffue, puis traversèrent une vaste plaine où il n'y avait pas âme qui vive. Cette morne plaine était balayée par un vent glacial qui les fit frissonner et se recroqueviller. Après quelques temps, ils virent une curieuse maison au sommet d'une colline. Plus étrange encore, elle avait un aspect assez proche de la maison des parents de Youroval. Exténués et frissonnants, ils frappèrent à la porte. Une femme vint leur ouvrir. De nombreuses rides couvraient son visage. Il y avait une grosse verrue sur sa joue droite. Elle était vêtue d'une simple robe au tissu terne et d'un chandail effiloché à maints endroits. Un foulard rouge entourait ses cheveux gris. Il émanait de cette pauvre femme une certaine laideur. Les aléas de la vie la faisait paraître plus âgée qu'elle ne l'était en réalité.

— Nous vous demandons l'hospitalité, madame. Voici mon ami Klem, il vient d'une autre contrée. Nous avons été attaqués par des brigands, dit Youroval.

— Ah oui ! Il faut se méfier. Les chemins ne sont pas sûrs ces temps-ci. Il y a eu de nombreuses disparitions ces derniers mois autour du village de Lamia. Entrez donc, vous êtes les bienvenus. Je m'appelle Yolanda Iskander. Je m'occuperai de vous, n'ayez crainte, dit-elle de façon énigmatique.

— Oh! Merci beaucoup madame, vous êtes très aimable, répondit le petit garçon.

Madame Iskander les guida vers une chambre réservée aux amis. Klem et Youroval s'affalèrent sur le lit dont les draps frais dégageaient une odeur agréable de lavande. Klem se sentait un peu à l'étroit, il était très grand et la chambre plutôt petite. Tout était impeccablement propre. On pouvait passer les doigts sur les objets, on ne trouvait aucune poussière. Il y avait une commode sur laquelle reposait un broc, deux verres, une couverture en laine et des victuailles fraîches. Une petite armoire ancienne et deux chaises cannées garnissaient cet intérieur modeste qui leur paraissait bien sympathique. Youroval remarqua, accroché au mur, un curieux petit tableau qui lui fit froid dans le dos. Il représentait une créature velue assise sur un cadavre. Klem dit :

— Youroval, tu ne trouves pas qu'elle est bizarre, cette madame Iskander ?

— Pas spécialement, pourquoi ?

— J'ai sondé son esprit. Je n'y ai rien vu, absolument rien. Je me suis heurté à un mur. Je ne peux pas te dire si cette personne est bonne ou mauvaise. C'est suspect. Nous ferions mieux de partir au plus vite. Malgré sa gentillesse apparente, je ne fais pas confiance à cette dame, elle ne m'inspire que de la méfiance. À mon sens, madame Iskander est tout sauf fiable. Son amabilité et sa bienveillance sont trompeuses. J'ai l'impression qu'elle nous cache quelque chose de terrible. À vrai dire, je ne me sens pas en sécurité ici. Je crains un mauvais tour sinistre. Tu sais combien je suis sensible. Mon intuition me trompe rarement.

— Mais Klem, où veux-tu aller ? Je crois que tu te fais des idées. Nous avons ici un toit et à manger. Tes pouvoirs permettraient bien évidemment de dédommager madame Iskander...

— Je ne sais pas. Mieux vaut retourner en forêt que d'être en danger ici. J'ai un mauvais pressentiment. Aucun être vivant ne résiste à mes sondages cérébraux, sauf cette madame Iskander. Et puis, elle n'a posé aucune question à mon sujet. Tout cela n'augure rien de bon pour nous !

— C'est vrai. Écoute, je vais sortir pour aller au village de Lamia qui ne se trouve pas très loin. J'essaierai de me renseigner pendant que tu m'attendras ici. Si j'apprends de mauvaises choses, nous partirons tout de suite de cette maison.

— D'accord ! Bon, alors va-y. Mais par pitié, soit prudent. Je deviendrais fou s'il t'arrivait quelque chose !

Bien que très fatigué, Youroval fit le chemin jusqu'à Lamia. Il dit à madame Iskander qu'il avait une affaire urgente à régler au village. Youroval déambula dans les rues. Le village était étrangement vide. Il y régnait une atmosphère glaçante de mort ou de fin du monde. Les volets des maisons étaient clos. Aucun commerce n'avait ouvert. Les rares passants baissaient la tête. On aurait dit qu'un mal mystérieux avait frappé la population. Youroval vit une personne emmitouflée dans un grand manteau à cape longer un mur en se dépêchant, comme si elle avait peur de quelque chose. Youroval la rattrapa et posa sa main sur son épaule. La personne sursauta.

— Madame, s'il vous plaît madame, stop ! Connaissez-vous la maison de Yolanda Iskander ?

— Je ne sais rien ! C'est la maison de la sorcière ! Je ne sais rien ! Laissez-moi tranquille !

La mystérieuse passante disparut dans les rues adjacentes sans demander son reste. Youroval comprit subitement qu'ils s'étaient jetés tous les deux dans la gueule du loup, comme des enfants imprudents. La madame Iskander avait bien abusé de leur naïveté. Les apparences étaient trompeuses. Elle avait, à l'heure qu'il est, certainement déjà prévenu, par des moyens occultes, ses complices des villages avoisinants. Le garçon rebroussa chemin tout en pestant contre la fausseté des gens. Il fonça vers la maison de Yolanda Iskander, la sorcière. Son ami Klem était effectivement en danger. Oui, il avait vu juste, son intuition ne l'avait effectivement pas trompé.

Lorsque Youroval arriva à la maison de la sorcière, les barbares, armés d'arcs et de haches, se trouvaient déjà à un ou deux kilomètres d'eux. La Iskander ricana.

— Vous ne nous échapperez pas, où que vous ailliez ! cria la vieille sorcière d'une voix aiguë qui faisait mal aux oreilles. Nous vous retrouverons ! Nous ne reculerons devant aucun obstacle et vous tuerons ! Vous serez taillés en pièces ! On vous dépècera avec plaisir. Vos entrailles seront jetés dans les ravins, votre cerveau aux quatre vents, vos os réduits en bouillie dans les latrines ! Nous ne vous laisserons pas détruire nos projets ! La Terre est à nous ! À nous, et à personne d'autre. Je vous le répète : elle est à nous ! Sombres crétins !

Les poursuivants gagnèrent du terrain. Youroval et Klem se sauvèrent. Ils empruntèrent un chemin sinueux puis se réfugièrent une fois de plus dans la forêt environnante, sur un promontoire rocheux. À présent, les sbires des sorciers entouraient le rocher où étaient juchés les fugitifs. Les flèches pleuvaient. Une flèche toucha Klem en pleine poitrine et le transperça. L'extraterrestre s'effondra au sol. Youroval l'entoura avec ses bras et dit :

— Klem, je ne veux pas te perdre. Guéris-toi toi même, je sais que tu le peux ! Tu m'a donné des pouvoirs, mais je ne sais pas encore les utiliser comme il convient. Ils sont nouveaux pour moi. Je suis si jeune, je suis un novice. Je t'en supplie, Klem, ne meurs pas !

— Ne t'en fais pas Youroval. Je vais mourir. On a atteint le cœur de ce que je suis. Mes forces et mes pouvoirs diminuent quoi que je fasse. Jusqu'à présent, j'ai réussi à infléchir le destin, mais il m'a rattrapé sur la planète Terre. Quelle ironie ! Pour la première fois de ma vie je suis totalement impuissant. Je pars avec regret, car j'aurais aimé poursuivre la route avec mon ami si précieux. Venant de tellement loin, je n'aurais jamais imaginé rencontrer quelqu'un d'aussi extraordinaire et formidable que toi ! Je suis confiant. Je t'ai transmis tout ce que je savais. Je suis certain que tu en feras bon usage. J'ai foi en toi. Grâce à ta bienveillance, l'humanité prendra un nouveau départ ! Rappelle-toi, nous sommes des êtres exceptionnels, uniques, hors du commun. Toute la beauté de l'univers est en toi. Tu la communiquera à tous, même au plus durs. Tu transformeras cette planète. Tu répandras la paix. Tu vaincras le mal et la bêtise humaine, je n'ai aucun doute à ce sujet, car l'amour est ta nature profonde. On est bien peu de choses dans le tourbillon des siècles, mais toi, Youroval, tu accompliras de belles choses. Le monde se souviendra de toi. Tu donneras un sens à la vie de tous les êtres peuplant les mondes, sans exceptions. Youroval, avant de rejoindre les étoiles, je voulais te dire une chose que je n'ai jamais dite à personne : je t'aime. Je t'aime comme jamais je n'ai aimé quelqu'un. Je t'aime plus que tout. Sache que je t'attendrai là-haut, au firmament des êtres d'exception. J'emporte avec moi un fabuleux souvenir ; ce souvenir s'appelle Youroval. À bientôt, cher Youroval.

Et Klem lâcha la main de son ami.

Klem mourut dans les bras de Youroval. Le petit garçon déposa un baiser sur le front de l'extraterrestre. Sa peine était immense. Les assaillants étaient de plus en plus nombreux. Ils grimpèrent sur le rocher. La rage, l'obéissance aveugle, la haine et la bêtise populaires faisaient des ravages. Détruire, détruire, détruire, voilà ce que proposaient les personnes mauvaises. Alors, Youroval se mit debout sans pleurer. Il étendit ses mains sur la plaine, les montagnes, la Terre entière. Une force inouïe monta des tréfonds de son être et se multiplia de façon vertigineuse. Youroval était protégé par cette force, rien ne pouvait l'atteindre. Elle venait des confins de l'univers. La lumière bleue qui émanait de ses mains se répandit sur toute la planète.

Dans le ciel, une étoile brillait plus que les autres...

Deuxième partie

L a lumière bleue pénétra la montagne, traversa la plaine comme une onde, et plana au-dessus de l'océan. Elle se répandit partout : dans les villages, les villes, les contrées de la Terre entière et envahit même la plus petite habitation. Aucun être humain ni aucun animal ne lui résista. Rien ni personne sur cette planète ne lui échappa, à part les sorciers qui, eux, voulaient s'emparer du pouvoir pour imposer une dictature à toute l'humanité. Ils étaient les seuls êtres vivants à y demeurer insensibles. La bonté et la bienveillance de cette lumière bleue ne les touchait pas le moins du monde, même si elle émanait d'un homme exceptionnel comme Youroval. Grâce à leurs pouvoirs occultes leur cœur restait aussi dur et froid qu'il l'avait toujours été. Leur volonté de faire le mal n'avait pas bougé d'un iota. Ils fulminaient, rageaient, blasphémaient, vociféraient dans leurs tanières infernales où régnait une lumière glauque, car ils venaient de perdre une bataille. Il fallait se rendre à l'évidence : leur caste avait nettement sous-estimé leur redoutable adversaire et ses possibilités qui semblaient immenses, voire infinies. Cela contrecarrait leur projet totalitaire dont le plan s'était déroulé sans anicroches jusqu'à l'arrivée de ce maudit extraterrestre nommé Klem. Mais les sorciers n'avaient pas dit leur dernier mot, tant s'en faut ! Leur volonté de soumettre l'humanité restait intacte. Leur réplique sera terrible ! Tous les sorciers que la Terre comptait promettaient à l'humanité des lendemains qui déchantent fortement. Ils feront payer chèrement la vilenie de ces traîtres qui envisageaient de rejoindre Youroval. Ensemble, ces suppôts de Satan juraient de prendre une revanche cinglante avec l'aide de tous les démons peuplant l'enfer, démons qu'ils lâcheront sans discontinuer sur la planète entière. Pas un ne manquera, qu'on se le dise ! Oui, ils terrasseront Youroval, cela est certain, il ne peut en être autrement ! Un jour le diable sera partout, et eux, les sorciers, deviendront les maîtres du monde aux commandes d'une armée d'esclaves très obéissants. Ceux qui refuseront leur domination seront éliminés sans pitié, massacrés, éventrés, démembrés, découpés, jetés aux démons carnassiers venus tout droit des contrées infâmes de l'enfer. Youroval verra ce que les sorciers sont capables de faire. Ils sont aussi forts que lui, peut-être même plus forts, cela ne fait aucun doute. Leur adversaire ne manquera pas d'être surpris par la gigantesque tempête qui déferlera sur le monde. Toutes les funestes pulsions entassées dans l'âme noire des créatures impies et remplies de haine surgiront soudainement ! Le mal, la dégénérescence, la soumission, l'hypnose générale, le meurtre, le sang et la mort submergeront tout, tel un raz-de-marée. Les sorciers avaient encore de beaux jours devant eux, ou plutôt de belles nuits !

Youroval vit que les assaillants rebroussèrent chemin en emportant leurs armes qui n'avaient, sauf pour Klem, finalement pas servi et qu'ils jetèrent plus loin dans les fossés. Les flèches cessèrent de tomber. Tous étaient ébranlés par la lumière bleue émanant de Youroval. Un amour tellement intense pénétra le cœur des assaillants, endurci par les années d'emprise maléfique des sorciers, que celle-ci se fissura. Le conditionnement sur l'esprit des ennemis de Youroval et de Klem, orchestré par les sorciers, diminua jusqu'à sa disparition totale. Toute violence fut mise aux oubliettes. Les assaillants aux ordres des sorciers redevenaient des êtres humains normaux et libres. Mais pour combien de temps avant que l'engeance maléfique ne reprenne ses pouvoirs ? Youroval eut la vie sauve. Il enterra le corps de Klem au pied du rocher et se rendit au cœur de la forêt.

Youroval se cacha durant une longue période de plusieurs années dans les bois. Comme un ermite, il se terra au fond d'une immense grotte qu'il n'eut aucune difficulté à aménager selon ses convenances. Il devint un jeune homme d'une beauté rayonnante. Au fil du temps il acquit une maîtrise de la matière qu'aucun être humain n'avait jamais eue auparavant et dont tous ne pouvaient qu'en rêver. Son esprit emmagasina une quantité astronomique d'informations en provenance de Liose comme de la Terre. Il était conscient que ses pouvoirs devenaient de plus en plus importants jusqu'à atteindre des proportions gigantesques. Son esprit était à présent capable de matérialiser toutes sortes de choses, exactement comme Klem l'avait fait dans la forêt il y a quelques années avec les fleurs, les légumes et les arbres fruitiers, alors que la faim tenaillait leur estomac. Youroval avait fait apparaître dans son antre tous les livres écrits autant par les érudits de Liose que par ceux de la Terre. Les parois étaient garnies d'innombrables étagères sur lesquelles trônaient des dizaines de milliers de livres provenant de tout l'univers. Tout le savoir de Liose et de la Terre s'amassait ici, dans cette grotte impressionnante au fin fond d'une vaste et majestueuse forêt dont les arbres possédaient un feuillage sublime. Youroval aurait pu aisément se passer des livres, mais il préférait le contact du papier. Il aimait l'authenticité. C'est pourquoi il ne cessait d'accumuler tous ces ouvrages, autant de trésors scientifiques, qu'historiques, artistiques ou littéraires. Il lisait ces livres à une vitesse phénoménale. Sa mémoire prodigieuse l'aidait à mener de nombreuses réflexions. Youroval réfléchissait du matin au soir. Klem lui avait bien transmis une grande partie de son savoir alors qu'ils erraient dans la forêt en fuyant les sorciers. Mais ce n'était pas suffisant. Youroval voulait tout savoir. Aucun mystère de l'univers ne lui résista. Le fonctionnement de la vie par-delà les mondes révéla toutes ses arcanes, de la voie lactée où se trouvait le système solaire jusqu'aux galaxies les plus éloignées dans l'univers. L'histoire de la Terre et de Liose n'avait plus aucun secret pour lui. Youroval capta même le savoir de civilisations différentes de ces deux mondes, et dont le nombre dépassait l'imagination. L'étranger devint étrange. Cependant, cela ne le rebuta guère, bien au contraire, sa soif de savoir ne cessa de s'amplifier. La nature humaine autant que celle des habitants de Liose, ou d'ailleurs, se manifestait dans toute sa splendeur, mais aussi et surtout dans toute son horreur. Youroval se rendait compte que l'être humain était une créature bizarre capable du meilleur comme du pire. Les hommes avaient inventé de belles choses comme l'art, l'architecture, la philosophie, la poésie et la littérature. Hélas, ils avaient également inventé avec ingéniosité les épées, les bombes et toutes sortes d'instruments de torture et de destruction, des domaines dans lesquels ils étaient particulièrement inventifs, excellaient de façon remarquable et montraient un véritable génie ! Youroval voulait ne garder que le meilleur, le positif, le beau. Il proposait d'abolir la dualité ambiguë de la vie terrestre : bien/mal. L'un ne devait plus prospérer sur l'autre. Quoi qu'il en avait déjà eu un aperçu, il fut stupéfait de constater les nombreuses similitudes qui existent entre la Terre et Liose. Il déplorait la tournure qu'avait pris la destinée de ces deux civilisations. Chacune avait viré à la dictature la plus abjecte. Il ne comprenait pas pourquoi tant d'individus malsains tiraient leurs frères vers le bas, à croire qu'ils y prenaient un plaisir sadique. Youroval considérait les gens de pouvoir comme des vampires suçant la vie des gens du peuple. La tyrannie s'étalait partout à toutes les périodes de l'histoire. Aucun siècle, aucune époque, aucune culture n'échappait à cette constatation. La vie terrestre, comme celle de Liose, se résumait à une lutte incessante pour la survie, un combat perpétuel. Les élites maintenaient les peuples dans un conditionnement qui les enchaînait au monde matériel. Pour les gens de pouvoirs les peuples n'étaient que du bétail à mater puis à exploiter. Le pouvoir des uns sur les autres était ce qui minait les rapports entre les êtres, qu'il soient humains ou non-humains. Dans toutes les civilisations, l'argent, le pouvoir et la religion emprisonnaient les êtres dans une gangue d'où ils n'en ressortaient plus jamais. Les barrières se trouvaient même entre les femmes et les hommes, comme ils le sont entre les gens riches et les gens pauvres. On disait l'homme et la femme complémentaires, en réalité ils n'étaient jamais autre chose que très différents. Leurs rapports ne pouvaient que devenir immanquablement conflictuels. L'homme et la femme ne possédaient pas la même psychologie et ne poursuivaient pas les mêmes buts. L'homme était obsédé par la satisfaction de ses instincts primaires et virils, tandis que la femme, qui agissait principalement par pur atavisme, était versatile et fausse, surtout uniquement préoccupée, jusqu'à la déraison, par la maternité. L'un était une brute épaisse, l'autre une créature au double-visage. Chaque être humain était enfermé dans une bulle, et même s'il était conscient de son absurde condition, il ne pouvait rien faire pour faire éclater cette bulle. Toute l'humanité était plus ou moins dépendante de quelque chose qui l'empêchait de devenir libre, vraiment libre. Une minorité cupide s'en sortait bien mieux que la majorité qui peinait à survivre dans une pauvreté imposée par cette minorité élitiste. Tous les êtres humains sans exception étaient enchaînés au côté matériel de la vie, et cela depuis la nuit des temps. Certains avait un égo surdimensionné et entraînaient les autres dans la chute générale. Pourtant, tous les êtres humains souffraient plus ou moins de leur égo qui dominait leur vie. Leur personne n'était attachée qu'au moi égoïste. Chacun faisait part aux autres de sa vérité personnelle en oubliant la vérité essentielle : *la vérité de l'amour* ! Chacun savait que l'amour est essentiel pour sauver le monde. Pourtant, aucun être humain ne s'en souciait vraiment. Personne n'était prêt à l'amour et au partage total. S'accrocher aux apparences était plus facile que de s'accrocher à l'authenticité.

Youroval avait un fabuleux rêve : rendre l'humanité belle ! Il rêvait d'abolir la réalité artificielle si désolante de la vie terrestre, casser les chaînes de cet esclavage au matériel, au monde réel. Il voulait que chaque être humain devienne un pur esprit dégagé de toute entrave matérielle ou charnelle, voire même mentale et spirituelle, car croire en quelque chose vous rendait immanquablement prisonnier de ce quelque chose ; il pouvait s'agir d'une idéologie politique, d'une croyance religieuse, d'un combat qu'on croyait juste, ou bien d'une quelconque addiction comme le pouvoir, l'argent, l'alcool, le jeu, la drogue, le sexe ou le simple désir de posséder des objets. Youroval voulait faire de chaque âme une entité heureuse se consacrant uniquement à l'amour et dégagée du trivial pour ne laisser exploser que la beauté et la bonté. Il lui importait de ne plus être lié à la nourriture, aux besoins naturels, au corps, à la réalité organique et physique, à tout ce qui était nécessaire à la survie. La matérialité était un ennemi de l'âme. Il fallait absolument dompter la matérialité pour mieux l'éliminer. Youroval préférait le domaine de l'esprit et de la conscience à celui de la substance et de la tangibilité. Son savoir phénoménal et ses pouvoirs grandissants lui faisaient parfois peur. Ce qui lui arrivait dépassait l'entendement d'un simple mortel. Était-il en train de venir comme un dieu, voire Dieu lui-même ? La folie le guettait-elle au bout du chemin qu'il était en train de parcourir ? Était-il assez fort pour endosser ce rôle ? Car après tout, il était humain. Il était né dans un petit village appelé Askandia de parents sorciers tout à fait vils et complotant avec d'autres. Allait-il pouvoir se défaire totalement de son humanité afin de devenir un être pur de toute contingence physique et psychique comme il le souhaitait ? Alors il se rappela ce que son ami Klem lui avait dit : ils étaient des personnes exceptionnelles, à condition qu'ils n'agissent que par amour, par amour pour tous les êtres vivants de l'univers, seulement par amour, la seule chose qui compte vraiment par-dessus toutes les planètes, les étoiles et les galaxies. Youroval savait que sans Klem il serait resté un esclave au service de Crowler et Arachnæ, et au-delà de sa mort il lui serait toujours infiniment reconnaissant de ce qu'il avait fait pour lui. L'extraterrestre avait changé son destin. Youroval savait d'où venait Klem : de Liose. Néanmoins, le mystère de sa rencontre l'étonnait toujours à nouveau. Peut-être y avait-il quelque part dans l'univers une entité encore plus puissante que le grand Démiurge dont aucun être, même pas Klem, ne possédait la capacité de comprendre la nature, le sens et les desseins. Peut-être cette entité avait protégé depuis le début le savoir et la sagesse hors normes de Klem. Tout ce que Youroval accomplissait maintenant se faisait dans le souvenir de Klem. Son ami n'était pas mort. Il laissait dans son cœur un fabuleux héritage. Voilà quelques temps, il n'était encore qu'un petit garçon un peu effarouché, alors qu'à présent il devenait l'égal de Dieu. Il avait, lui Youroval, le pouvoir d'égaler Dieu, d'être aussi omniscient et omnipotent que lui, ne lui en déplaise. D'ailleurs, il doutait de son existence. Le jeune homme était persuadé de pouvoir libérer chaque être humain de la prison terrestre dans laquelle celui-ci était enfermé et de lui rendre son libre-arbitre, car pour Youroval, tout être humain était une force unique et une énergie unique qu'il avait le devoir de préserver. Donner plus de hauteur à la vie lui importait plus que tout. Youroval détestait le commun et la médiocrité. Chacun devait avoir la maîtrise de son destin et non plus le subir comme cela se passait depuis des siècles. Personne ne devait se trouver sous la coupe de quoique ce soit, ni dépendant de qui que ce soit. Le partage aurait dû être la principale préoccupation dès l'aube de l'humanité, comme celle de Liose. Toute l'humanité aspirait à devenir libre. Chacun devait avoir à l'esprit le respect de son prochain et ne jamais transiger sur ce principe. Avec l'aide de ses frères il pouvait faire de cette terre un paradis. La puissance qui habitait Youroval était entièrement tournée vers cet objectif. Aucun sorcier ni aucun despote n'était capable de le freiner dans l'accomplissement de ce magnifique rêve, du moins l'espérait-il.

Il attendait le moment propice pour émerger de sa retraite. Pour l'instant il était bien seul à emmagasiner un maximum d'informations, ce qui ne le décourageait nullement mais au contraire amplifia sa détermination et surtout sa sagesse, puisque tout ce qu'il apprenait était tourné dans ce but ultime : sauver l'humanité ! Il espérait rencontrer de belles personnes, aussi belles et exceptionnelles que Klem, et compter sur leur loyauté envers son projet qui favorisait la propagation de l'amour et de la liberté. Youroval pensait former une entité capable de détruire définitivement le mal sur Terre.

Youroval sonda les alentours. Il sentait que quelque chose de très mauvais rôdait dans les plaines, comme une bête affamée et assoiffée de chair et de sang. Il était clair que les sorciers avaient repris du pouvoir. Ils préparaient une revanche qui allait être terrible pour tout le monde. Le mal gagnait à nouveau du terrain de façon inquiétante. Avec quelle facilité le serpent ensorcelait les gens ! Le mal fascinait plus que le bien. C'est pour cette raison que tellement de personnes se trouvaient dépourvues d'âme. Les sorciers découvriraient bientôt sa cachette et tenteraient d'anéantir leur rival avec l'aide d'hommes soumis dévoyés de leur lumière intérieure. Les sorciers avaient le pouvoir d'éteindre de manière définitive dans le cœur de n'importe quel être humain toute bonté, toute sagesse et toute lumière. Si tel était le cas, l'humanité serait irrémédiablement enchaînée, perdue à jamais. La force de Youroval n'était pas assez puissante lorsqu'il avait étendu la lumière bleue sur la Terre, après la mort de son ami venu des étoiles. Il lui fallait l'aide d'autres personnes comme lui. Faire émerger leurs possibilités, les former, leur transmettre la sagesse, la bonté et le bien que Klem avait lui-même transmis à Youroval, voilà sa nouvelle mission !

Youroval vit défiler dans sa tête des images d'une personne qui errait dans les bois depuis des jours et des nuits. Elle fuyait. Elle était traquée et angoissée. Youroval ne sortait jamais de sa cachette. Durant toutes ces années il vivait reclus. Sortir était un risque qu'il évitait de prendre. Il lit dans les pensées de cette personne. En un clin d'œil il sut tout d'elle. C'était une belle jeune femme âgée d'à peine dix-huit ans. Elle s'appelait Évangéline, évadée d'un village appelé Trania qui se trouvait sous l'emprise totale des sorciers. Il la rattrapa dans les bois et lui proposa l'hospitalité dans sa caverne. La fugitive prit peur et voulut s'en aller dans une direction opposée. Il était certain que cela la jetterait à coup sûr dans la gueule du loup. Néanmoins, devant l'aura que dégageait Youroval, elle le suivit craintivement. Au cours de leur marche à travers les fourrés, il lui prit la main comme Klem l'avait fait avec lui des années auparavant. La bienveillance passa du cœur de Youroval dans celui d'Évangéline tel un fluide, ce qui eut pour effet de la rassurer. Évangéline sentait bien que You-roval était un être d'exception. Son bienfaiteur l'invita à se laver puis à prendre un repas copieux. Youro-val savait tout d'elle, mais il voulait entendre son histoire de sa propre bouche. Il voulait qu'elle vide son âme de toutes les scories qui encombraient sa triste existence. Il était important de rendre Évangéline pure, débarrassée de tout le mal qu'on lui avait fait.

— Évangéline, raconte-moi tout de ta vie ! Je veux savoir ce qui t'arrive.

— Je me suis sauvé de mon village où je suis née, Trania.

— Qu'est-ce qui t'a fait fuir ?

— Mes parents et leurs amis...

Le visage d' Évangéline s'assombrit. Les paroles de la jeune femme restèrent en suspens.

— Oui... Et... ? Que t-ont-ils fait subir ?

— Mes parents sont des sorciers. Très tôt dans mon enfance j'ai été violée par mon père. Ensuite, mes parents m'ont prostituée à leurs amis du village et d'ailleurs : le maire, le médecin, l'épicier, le jardinier, le juge, le policier, le marchand ambulant. Même le curé était de la partie. Je devais écarter les jambes pour le bon plaisir de ces gens-là. Mes parents obtenaient des faveurs et des avantages particuliers des uns et des autres si j'étais coopérative. Je n'étais qu'une enfant à cette époque-là. J'obéissais. Je me sentais souillée chaque fois que le sperme de ces vicieux dégoulinait entre mes jambes. Si je refusais, papa et maman me disaient qu'ils allaient couper mes seins naissants. J'ai grandi avec ce secret. Je n'allais plus à l'école. Je restais enfermée à la maison, attendant le prochain client que me présenteraient papa et maman. Aux heures où j'étais seule dans ma chambre, je me cultivais en cachette en lisant toutes sortes de livres que mes parents m'interdisaient. J'avais trouvé ces livres dans une vieille caisse en bois que mes parents avaient quelque peu oublié. Je cachais ces trésors sous mon lit. La culture et le savoir étaient honnis. Je devais rester bête et obéissante. La petite fille que j'étais n'avait pas le droit à la connaissance. Plus que jamais je me sentais isolée, perdue et sacrifiée. Puis les choses s'aggravèrent. Mes parents firent partie d'un groupe occulte. Ils invoquaient un nombre incalculable de démons. J'observais leurs funeste cérémonies qu'ils donnaient dans la grange, la nuit, en compagnie de leurs amis tout aussi maléfiques qu'eux. J'écoutais ce qu'ils disaient. Ils voulaient prendre le pouvoir et imposer au monde une dictature sous le signe de Satan. Selon eux, le cornu allait régner sur le monde pour longtemps. Qu'est ce qu'une fillette comme moi pouvait bien faire face à ces fous dangereux ? Se révolter était suicidaire. Les démons les aidaient à la réalisation de leur projet. Je fus terrifiée lorsqu'ils me proposèrent en remerciements aux entités maléfiques qu'ils ne cessaient d'invoquer. Je devais avoir des ébats avec un bouc et bien d'autres créatures de l'enfer dont je refuse de faire la description. Le dégoût me submergeait. Un soir, alors que la vigilance de mes parents baissait, je me suis sauvée. Mes parents ont lâché leurs sbires haineux à mes trousses lorsqu'ils se sont aperçu de mon évasion de leur maison de l'enfer. Des villageois complices se sont lancés à ma poursuite, voilà pourquoi je traînais dans les bois, traquée comme un animal dans une chasse à courre. Je me suis rapidement perdue. Les poursuivants n'ont pas réussi à me rattraper. Heureusement, sinon ils m'auraient offerte en offrande à leurs bêtes immondes. Je ne voulais pas finir déchiquetée et dévorée par elles. Je ne sais pas si je les ai semés.

— J'espère que oui. Sinon nous sommes dorénavant en danger ici. Je vais sonder les alentours.

— Sonder ?

— Oui, je t'expliquerai plus tard, ne t'inquiète pas, tu sauras tout.

Évangéline se sentait mal. C'était un être totalement désemparé. La jeune femme ne savait pas encore par qui elle avait été recueillie. Youroval la prit dans ses bras bien qu'elle montrait une réticence fort compréhensible. La jeune femme tremblait, elle ne faisait plus confiance à un aucun être humain. Évangéline sentit une vague d'amour la submerger. Durant toute son enfance elle n'avait jamais perçu autant de chaleur humaine. Ses parents étaient des êtres très durs, abjects et cruels, sans la moindre tendresse ni aucune compassion envers qui que ce soit. Youroval imposa ses mains sur la tête de la jeune femme. Une lumière bleue enveloppa son corps. À cet instant, sa vie était transformée. Évangéline oublia tout de son enfance-martyre. Elle retrouva une dignité à laquelle tout être vivant a droit. De plus, Évangéline savait désormais qui était vraiment Youroval.

Youroval sonda les environs de la caverne, mais il n'y avait pas de rôdeur indésirable. Pour l'instant il ne détecta aucune menace. Cela ne le rassurait pas pour autant. Il savait que le mal s'organisait dans les plaines et que les sorciers mettaient tout en œuvre pour le retrouver, lui Youroval, et le détruire définitivement. Ce n'était qu'une question de temps. La situation devenait de plus en plus critique, l'affrontement inévitable. Il s'activa donc dans les semaines qui venaient à former Évangéline. La jeune femme se trouva étonnamment réceptive. Comme lui, elle avait su préserver son âme, malgré tout ce que ses parents lui avaient infligé. Au fil du temps Évangéline devint presque l'égal de Youroval.

Un jour Youroval sentit une présence à l'entrée de la caverne. Il paniqua car il pensait que les séides des sorciers avaient découvert sa cachette et tentaient d'y pénétrer. En réalité, il s'agissait d'un jeune homme à peine plus âgé que lui-même. Il était grand, fort, musclé, d'une beauté absolue, à couper le souffle. Le fuyard s'appelait Arturo. Ses habits étaient sales et déchirés. Comme Évangéline, il errait depuis des semaines dans les bois. Il n'avait pas bu ni mangé. La peur le rendait tout tremblant. Son visage exprimait une terreur intense. Youroval l'invita à entrer dans la caverne en lui promettant protection. Arturo dit à Youroval :

— Les sorciers sont partout. Le village d'où je me suis échappé est entièrement à leur merci. J'ai résisté à leur pouvoir, c'est pourquoi j'ai pris la fuite. Leurs complices voulaient me découper en morceaux pour me manger. À présent, tout le pays est sous leur domination. Ils ont tué tous les représentants de l'ancien régime et pris leur place. Ils ont lancé, par terre, par air et par mer, une armée de démons de l'enfer à l'assaut des autres pays. La Terre entière se trouve en danger. Aucun continent n'est à l'abri. Personne ne leur échappe. Leur emprise devient planétaire.

— Je savais la situation critique et dangereuse. Cependant, je ne réalisais pas qu'elle l'était à ce point-là ! Il ne faut jamais sous estimer les capacités de nuisance de l'être humain, cette créature pleine de cruauté ! Et puis, j'étais occupé par la lecture de mes nombreux livres. Viens Arturo, je te présente Évangéline. Elle et moi avons beaucoup de choses à te montrer et à te dire...

Il n'y avait plus une seconde à perdre. Le mal revenait à grands renforts. Pendant des jours Arturo fut soumis à un apprentissage intensif. La bibliothèque de Youroval l'impressionna grandement. Le jeune homme se sentait exténué, néanmoins, il vivait cette épreuve pour la bonne cause. D'apprendre tant de choses en si peu de temps le mit dans un état d'excitation et en même temps au bord des larmes. Il ne se doutait pas qu'il existait autant de beautés dans l'univers. La multitude de cultures à travers le cosmos n'avaient plus guère de secrets pour lui. Cela l'amenait à une grande sagesse. Youroval et Évangéline lui apprirent l'amour de la vie, d'où qu'elle vienne. Arturo sentait monter du fond de son âme une force surhumaine presque effrayante. Pourtant, il était prêt à ouvrir son cœur pour le grand déversement du torrent de l'amour.

Le jour salvateur arriva. Youroval, Évangéline et Arturo sortirent de leur repère avec beaucoup de calme. Ils grimpèrent sur l'immense rocher sous lequel se trouvait la caverne de Youroval. Un murmure sinistre montait des plaines. Dans les lointains grouillait une masse immonde de sorciers, de sbires à leur solde et armés jusqu'aux dents, de peuples contraints d'obéir aux ordres de massacrer tout opposant à la dictature démoniaque, et surtout de milliers de démons hideux issus des contrées de l'enfer, éructant injures et blasphèmes comme des déments et piétinant tout sur leur passage. Ils ressemblaient à des bêtes antédiluviennes animées par une haine farouche, féroce et incontrôlable. Cette armée dantesque infestait les bois et se rapprochait de plus en plus de la caverne dans une grondement infernal. On aurait cru un fourmillement infâme de vers de terre et de cafards géants.

Youroval, Évangéline et Arturo se donnèrent la main. Ensemble ils formait un cercle d'où surgit une lumière bleue. La puissance conjuguée des trois âmes déferla sur le monde. L'onde de l'amour terrassa les plus réfractaires. Pas un être vivant sur toute la planète ne lui résista. Toute la négativité avait définitivement été balayée !

La Terre changea. La vie prit un nouveau départ. Les oiseaux et les fleurs se multiplièrent par millions partout, sur tous les continents. Beaucoup de choses devinrent inutiles. Il n'y eut plus de guerres, plus de soldats, plus de destructions, plus de massacres, plus d'atrocités, plus de maladies, plus de pauvres, plus de gens riches, plus de laissés-pour-compte aux coins des rues, plus de malheureux, plus de meurtres, plus de cruautés en tout genre, plus de différences sociales entre les êtres humains, plus de classes dirigeantes, plus d'inégalités, plus d'argent, plus de tyrannies, plus d'États, plus de police, plus d'armes, plus de lois, plus d'idéologies mortifères, plus de sociétés secrètes, plus de conditionnement de masse, plus de mensonges, plus de contraintes, plus de souffrances, plus de diable. La Terre, cette belle planète bleue, fut enfin débarrassée pour toujours de tout le mal qui s'accrochait à elle depuis des siècles comme une verrue. La Terre devint un paradis. Chose incroyable, les peuples acquirent une sagesse qu'ils n'avaient encore jamais eu. Chacun respectait son semblable et partageait absolument tout avec lui. L'élévation de l'âme ainsi que des plus nobles sentiments devinrent la préoccupation première. La sagesse, la fraternité et le bonheur prévalaient partout. Plus personne ne subissait quoi que ce soit. La convoitise et la jalousie n'existaient plus. Les êtres humains acquirent petit à petit un pouvoir qui allait dans le sens commun. Ils s'attachèrent à réparer tout ce qui avait été abîmé lors des siècles précédents. Les hommes pouvaient construire une cité en un jour, et la détruire le lendemain si le besoin s'en faisait sentir. La priorité était au respect de la nature et de la vie sous toutes ses formes. L'amour commandait tout ce que faisaient les êtres humains. Ce principe devint universel. Il n'existait plus aucune limite du moment que l'amour se trouvait au bout. Les sorciers devinrent de l'histoire ancienne, un mauvais souvenir vite oublié. Seul maintenant comptait le bien. L'humanité maîtrisait enfin son destin !

La lumière bleue enveloppa et absorba totalement Youroval, Évangéline et Arturo. Ces trois êtres d'exception furent libérés de leur corps et de la réalité prosaïque. Ils devinrent Dieu. Pour eux, il n'y avait plus de temps, plus de réalité, plus aucune entrave matérielle. Toute contrainte était abolie. Ne subsistaient que l'amour et la tendresse, plus importants que tout. Youroval, Évangéline et Arturo se transformèrent en pur esprit immortel qui pouvait transcender les mystères de la vie et voyager à travers tout l'univers, d'un bout à l'autre des galaxies. Les trois âmes avaient fusionné pour l'ascension de leur conscience. Les dictateurs de Liose s'inquiétaient au sujet de leur pouvoir et savaient que celui-ci ne durerait plus très longtemps. Quelque part dans l'espace planait une entité d'amour et de bienveillance...

Youroval, Évangéline et Arturo se hissèrent au firmament. Ils rejoignaient les étoiles, là où les attendait un être exceptionnel nommé :

KLEM.

Troisième partie

Un silence pesant régnait dans la pièce où vivait Kerm. Les mains croisées sur la poitrine, la tête baissée en signe de recueillement, les paupières fermées, l'humanoïde était agenouillé au milieu de la pièce devant une colonne d'un mètre de hauteur sur laquelle reposait un objet de forme ovoïde. L'étincelle de vie, qui se trouvait à l'intérieur depuis longtemps, avait pourtant quitté cet étrange objet. La lumière bleue s'était définitivement éteinte. L'objet, devenu froid et mort, ne présentait qu'une surface terne, lisse et morne, alors qu'autrefois une grande et chaleureuse force palpitait en lui. Cela voulait dire que son frère Klem était mort. Kerm devait se rendre à l'évidence : il n'y avait plus rien à espérer, son frère ne reviendrait plus, le lien avec lui était à jamais rompu. Klem laissait un immense vide.

Kerm se trouvait depuis des mois secrètement en contact avec son frère. Il savait tout de sa fuite de Liose, de son odyssée céleste, de l'écrasement de son vaisseau spatial sur une planète hostile appelée Terre faisant partie du système solaire qui lui-même faisait partie de la galaxie appelée Voie Lactée, de sa rencontre avec un humain, un petit garçon extraordinaire nommé Youroval. D'impressionnantes distances séparaient les deux frères. Cela ne les avait pourtant pas empêchés de discuter des raisons de la fuite désespérée de Klem avec lesquelles Kerm se trouvait en accord total. Grâce à l'ovoïde, ils restèrent en contact permanent, et Kerm suivait pas à pas le voyage forcé de son frère. Il le soutenait entièrement, au péril de sa propre vie, dans sa résistance contre l'oppression du pouvoir de Liose, dans ses choix et ses actions. Kerm savait que ce soutien sans faille à son frère lui coûterait un jour la vie. Il avait une admiration sans limite pour Klem, le sage au savoir phénoménal qu'il respectait plus que tout et que le peuple aurait dû encourager et aider sans aucune réserve. Au lieu de cela, les habitants de Liose, sous la coupe d'une dictature extrêmement dure, avaient malheureusement laissé le pouvoir assassiner un à un ses sages. Par leur lâcheté, ils se rendaient complices des bourreaux. Il ne restait plus que Klem, qui cependant réussit par miracle à prendre la fuite, à s'échapper de l'enfer technologique.

Kerm était tellement désolé pour Klem d'avoir atterri dans un monde tout aussi tyrannique que celui de Liose. Il aurait tellement voulu que son frère retrouve espoir. La solution à son errance sidérale semblait compromise. Il comprenait sa grande déception. Toutefois, Klem avait trouvé en la personne de Youroval un allié de valeur à sa mesure, auquel il transmit la totalité de son savoir et sa sagesse. Contre toute attente, le petit garçon lui avait sauvé la vie après l'écrasement de son vaisseau spatial. Hélas, le destin n'arrêtait pas de s'acharner sur Klem ! La triste fin de son frère sur le rocher était absurde. La barbarie, la sauvagerie et la bêtise humaines ont eu raison de Klem : elles l'ont tué ! La disparition de Klem équivalait à une perte irréparable, non seulement pour toute l'humanité, mais également pour tous les autres peuples de l'univers. Qu'adviendrait-il à présent de tout ce que représentait Klem ? L'univers se précipitait-il irrémédiablement vers son anéantissement ? La dégradation universelle des âmes était-elle inévitable ? Ces humains ne seraient jamais autre chose que des nuisibles. Par leur faute, les perspectives d'amélioration de la condition de tous les êtres vivants de l'univers s'assombrissaient considérablement. L'histoire des mondes prendrait bientôt fin, elle se terminerait dans le néant, dans un trou noir. La destruction cosmique semblait en marche. À moins que Youroval soit assez fort pour réussir à inverser la tendance, à prendre la relève de Dieu.

Kerm se sentait en danger. Il avait pris le risque d'être découvert par la police politique de Liose parce qu'il avait conversé avec un dissident. Kerm se savait surveillé en permanence. Il ne possédait pas les pouvoirs de Klem. En conséquences, il n'avait pas la possibilité de dissimuler avec efficacité l'ovoïde qui lui avait permis de rester en contact avec Klem. Trop vulnérable, il ne sortait plus de sa pièce depuis bien longtemps et vivait replié sur lui-même avec l'angoisse permanente d'être dénoncé par ses semblables. Il était persuadé qu'un jour ou l'autre la police toquerait à sa porte pour venir l'arrêter. Son arrestation lui semblait imminente. Il n'avait de soutien d'absolument personne. Son isolement dans ce monde abject lui paraissait effroyable. Kerm s'effondra au sol en pleurant longtemps à chaudes larmes. Il ne s'était jamais senti aussi seul et perdu de sa vie. Le destin était injuste, car lui, Kerm, se trouvait dans le camp du bien. Tout lui semblait tellement vide de sens. Lorsque l'esprit de Klem animait encore l'ovoïde, il y avait entre eux deux des échanges chaleureux, du réconfort, des paroles d'apaisement, de l'espérance, de l'amour même. La sagesse que lui enseignait Klem irradiait de l'ovoïde. Aujourd'hui, il n'existait plus rien de tout cela. Seuls restaient le vide, le désarroi et les larmes.

Après être resté prostré ainsi pendant des heures, sans réactions, complètement désespéré, Kerm se leva péniblement. Il se dirigea vers le balcon en titubant et ouvrit la porte-fenêtre. Comme d'habitude sur Liose, l'air était sec, pollué, presque irrespirable. Liose était une planète aride aux paysages désolés, en majorité composée de sable. Ceci était dû à l'activité économique frénétique durant des siècles de ses habitants qui ne respectaient pas l'environnement. Les Liosiens ne s'embarrassaient guère d'écologie. Ils pillaient les ressources de la planète jusqu'à leur épuisement presque total, pourvu que les villes puissent prospérer. La cité ou habitait Kerm se situait entre deux chaînes montagneuses couvertes de roches tantôt rougeâtres et ocres, tantôt grises. D'immense cubes et rectangles d'habitations entassés les uns sur les autres s'étalaient à perte de vue devant lui. Cette cité gigantesque et austère ne possédait rien de très réjouissant pour l'âme. Le capharnaüm architectural de Liose écrasait toute volonté, toute bonté, toute liberté. Kerm se trouvait à une hauteur vertigineuse. En bas, dans les rues, s'agitait la multitude des citadins. Chacun vaquait à ses occupations sans se soucier le moins du monde de son prochain ni du devenir de l'ensemble de la population. Le monde de Liose était uniformisé, robotisé, informatisé, sans âme. Toute cette technologie paraissait vaine. Un moment Kerm pensa à se jeter dans le vide. Le suicide lui semblait être la meilleure solution pour mettre fin à son désespoir. Son grand corps filiforme s'écraserait sur le bitume. Et alors ? Cela changerait-il quelque chose à la situation du monde ? Non ! Bien sûr que non ! Le monde continuerait à tourner sans lui. Les habitants de la cité seraient un instant horrifiés, mais ensuite ils vaqueraient à leurs occupations comme si rien n'était arrivé, sans se poser la moindre question, et peut-être même que certains se réjouiraient de sa mort. De parfaits robots à l'avenir formaté, poursuivant leur travail, leur petit train-train quotidien ! Les employés de la voirie viendraient ramasser ses restes sanguinolents étalés sur la chaussée. C'est tout. On oublierait sa fin tragique.

Kerm n'avait pas plus d'importance que le sable soulevé par le vent du désert. Il n'était qu'un grain de poussière parmi tant d'autres grains de poussière et se sentait comme un rouage d'une immense machine, alors qu'il ne rêvait que de grandeur, d'exception et d'éternité. Voilà à quoi se résumait le destin d'un être vivant sur Liose.

Quelque chose attira l'attention de Kerm car son acuité visuelle était étonnante. De gros camions se garèrent devant l'entrée du gratte-ciel. Il en sortit des dizaines de robots policiers qui se mirent à grimper le long du mur telles des araignées agitées par une folle frénésie. Kerm savait pour qui ils venaient. Pour lui. C'était la fin, l'épilogue de son existence. Kerm terminerait sa vie entre les mains des tortionnaires travaillant pour le pouvoir despotique de Liose. Les créatures robotisées ne mirent pas longtemps à atteindre son étage, le trois-cent-deuxième. Au bout de quelques instants Kerm se trouvait nez à nez avec elles, tellement elles étaient rapides et d'une incroyable agilité.

Les policiers entrèrent en grand nombre dans sa pièce. On le menotta, on le sangla, on le mit dans une sorte de bâche ressemblant à une camisole de force comme s'il était le pire des terroristes ou le pire des pestiférés. Résister était inutile. Avant qu'un de ces sbires de la police politique de Liose ne tire la fermeture éclair, il sentit que quelqu'un lui faisait une piqûre. Puis Kerm perdit connaissance et sombra dans les ténèbres.

Kerm se réveilla lentement. Une lumière aveuglante faisait cligner ses yeux en amande. Il réalisa qu'il se trouvait dans une immense salle aux murs carrelés. On l'avait attaché sur une grande table de dissection. Ses longs bras et ses longues jambes, son mince torse, et même sa tête, étaient maintenus au métal froid de la table par de multiples sangles en cuir épais. La lumière blanche agressait son âme. Kerm ne pensait qu'à une seule chose : il était à la merci de ses bourreaux. Cette certitude glaçante et cette réalité massive le faisaient paniquer à un point inimaginable. Tout son être intérieur s'effondra d'un coup. La peur s'infiltrait dans son esprit et dans la moindre parcelle de son corps. Il sentait sa fin proche. Le chef de la police politique de Liose, un individu froid et sans émotions, s'approcha de lui et commença à parler avec un air supérieur.

— Dites-nous où est Klem.

— Mais vous le savez ! Pourquoi me le demandez-vous ?

— Nous avons nos raisons de poser cette question. Ici, nous décidons de tout. Les maîtres, c'est nous ! Nous voulons tout savoir, de A à Z. Rien ne doit nous échapper. Le système politique de Liose sera préservé coûte que coûte. Ce ne sont pas des gens comme vous qui le mettrons en péril. Nous ferons tout pour assurer l'avenir de notre système. Liose ne changera pas, notre planète ne tombera pas dans des mains pacifiques, je vous le garantis. Alors, dites-nous, où est Klem ?

— Je ne dirai rien ! Jamais je ne trahirai mon frère. Vous n'êtes que des monstres.

— Vous en subirez les conséquences, Kerm.

— Cela m'est égal.

— Nous savons que vous avez des liens privilégiés avec votre frère. Votre ovoïde vous a trahi, vous l'avez insuffisamment protégé. Vous n'êtes même pas capable d'assurer votre propre protection, et de toute façon, nous avons des moyens pour vous faire parler que votre imagination ne peut concevoir et auxquels vous ne pouvez résister. Nous vous surveillons depuis des mois. Nous pensons que Klem et ce qu'il représente sont un danger pour Liose. C'est pour cela que nous avons éliminé tout le groupe de sages duquel il faisait partie. Il ne restait que Klem. Malheureusement, il a réussi à nous échapper. Que manigance Klem ?

— Je ne sais pas.

— Ne nous prenez pas pour des imbéciles, dit le chef de la police politique d'une voix monotone.

— Si justement, vous n'êtes que des imbéciles.

Le chef de la police politique de Liose ne montra aucune contrariété. Il resta aussi stoïque qu'il l'avait été jusqu'à présent. Il fixa Kerm de ses yeux froids pendant de longues minutes, sans la moindre expression sur le visage, sans dire un mot. Il semblait être d'une assurance à toute épreuve, rien ne le perturbait.

— Je vous pose pour la dernière fois ces questions : où est Klem et que prépare-t-il ?

— Il est mort.

— Mort ?

— Oui, mort, cela veut qu'il a perdu la vie, au cas vous ne comprendriez pas le sens de ce mot. Il est aussi mort que votre bonté. N'avez-vous pas inspecté l'ovoïde ? Vous avez bien constaté qu'il n'y a plus de lumière à l'intérieur !

— Évidemment.

— Alors pourquoi me posez-vous ces questions stupides ?

— Je vous l'ai dit : je veux tout savoir.

— Vous ne saurez rien.

— Vous vous moquez de nous ?

— Non, je ne me permettrais pas !

— Je n'en ai pas l'impression. Donc vous nous prenez pour des imbéciles ?

— Bien sûr ! Je vous l'ai déjà dit avant.

— Vous regretterez votre insolente audace. Je pense que vous ne nous dites pas la vérité.

— C'est une plaisanterie ! Vous êtes tout sauf un expert en vérité. Vous ne comprenez pas ce mot car vous êtes incapable d'en saisir le sens exact. La vérité, vous la fabriquez à votre convenance ! Bon sang, arrêtez de parler de vérité !

— Vous nous cachez quelque chose. Vous protégez votre frère parce qu'il prépare une action d'ampleur contre Liose. Peut-être est-il en train de faire des disciples héritiers de son savoir et de sa sagesse ? Je crois que vous vous êtes aperçu que notre police politique vous surveille depuis déjà un moment. Vous avez sciemment éteint l'ovoïde pour nous faire croire que Klem est mort et ainsi éviter de compromettre ses plans concernant notre système, pourtant le plus parfait qui soit, et le plus viable.

— Vous et vos complices êtes complètement fous. Vous n'êtes que de dangereux paranoïaques ! Il n'y a rien de bon à attendre de vous, sinon je ne serais pas ici, entre vos mains expertes en torture. Vous êtes intraitables !

— Donc vous refusez de coopérer avec nous ?

— Combien de fois faudra-t-il que je vous le dise ?

Le chef de la police politique de Liose se tut. Il se retourna soudainement et s'en alla. Ses collaborateurs prirent la relève. Ils s'approchèrent de la table de dissection sur laquelle était couché Kerm et commencèrent à le découper en morceaux avec leur scies circulaires.

Kerm vivait encore. Il gisait sur une couche au fond d'une cellule dans la plus grande prison de Liose, au sommet d'un immense bâtiment. Les dures lattes en fer de la couche lui faisaient très mal au dos. Kerm n'avait plus ni bras ni jambes, les tortionnaires de la police politique les lui avaient coupés petit à petit, laissant libre court à leur sadisme. Malgré cette horreur, Kerm avait résisté. Il n'avait rien révélé de plus sur son frère Klem, et de toute façon, il n'en savait pas plus. Klem était réellement mort. Il était absolument absurde et impossible d'essayer de raisonner ces monstres qui travaillaient pour le pouvoir de Liose !

Kerm vit par la petite lucarne en haut de la cellule le superbe ciel étoilé. Sa vie se terminait donc ainsi, dans ce sinistre bâtiment de la police politique, comme tant d'autres personnes avant lui. Il ne pouvait rien faire contre le destin. Trop de forces négatives régissaient ce monde absurde qu'il quittait sans regrets.

Soudain, une lumière bleue intense envahit le ciel de Liose. Elle pénétra dans sa cellule et entoura son corps, ou ce qu'il restait de lui. Kerm vit qu'il s'agissait de Youroval. Il y avait deux autres esprits avec lui. Les trois esprits formaient une entité de bienveillance. Comment cela était-il possible ? Toute la souffrance et le désespoir qu'il éprouvait s'envolèrent brusquement. L'esprit de Klem survivait pardelà les mondes. La beauté inonda le cœur de Kerm. Au soir de sa vie, et malgré tout ce qu'il venait de vivre, Kerm reprit confiance. Son agonie n'avait pas

d'importance, car il sut que l'heure de la fin de la tyrannie sur Liose avait enfin sonné. C'est tout ce qui
lui importait. Son frère Klem avait vaincu les forces
du mal !

Alors Kerm alla rejoindre les étoiles.

Remerciements

Je remercie vivement mon ami Thierry pour son aide précieuse à la correction de ce texte et à sa mise en page.

9 782958 444273